VALÉRY BONNEAU

NOUVELLES NOIRES POUR SE RIRE DU DESESPOIR

VOLUME TROIS

HUMAIN

« La pire des choses dans la vie, c'est de se retrouver entouré de gens qui vous font sentir seul »

Robin Williams

Pour Fabrice, l'ami de trente ans. Merde, on sera vieux avant d'être morts.

L'autre dent

[Cette nouvelle est la suite de « La dent », ma première nouvelle disponible dans le Volume 1 des Nouvelles Noires pour se Rire du Désespoir.]

Peut-on jouer de malchance quand on se jette sous un métro ? Les autres, je ne sais pas, mais moi oui. La scène : je déambule avec mes ratiches à la main, ces deux chicots qui représentent mon avenir. Mon avenir de pauvre type, d'écrivain raté, de loser sans dent. Ces morceaux d'ivoire pèsent trop lourd, je décide de lâcher l'affaire.

Et laissez-moi vous le dire : le moment où vous rendez votre badge, l'instant où la résolution prend corps, où vous savez, où vous sentez que l'aller sera sans retour, ce moment se révèle un des plus jouissifs qui soient. Toutes vos emmerdes se vaporisent. J'ai honteusement aimé ces quelques minutes, secondes plutôt, de liberté totale. Plus rien n'a d'importance, seul l'abandon triomphe. J'ose le dire, j'ai tutoyé l'ambroisie !

Tout se paye. Et lorsque j'ai sauté, le mode détente a vrillé crispé. Les spécialistes expliquent que si vous attendez suffisamment lors d'une phase suicidaire, si vous laissez filer l'instant, la pulsion kamikaze s'atténue et la vie revient à l'attaque. La vie, c'est à dire les soucis. Ce sont vos préoccupations qui vous rattachent à l'existence, pas vos enfants ou vos amis. Enfin, c'est ce que les spécialistes disent, mais si ce sont les mêmes qui passent à la télé, ils pourraient aussi bien raconter que le suicide développe l'ouverture d'esprit.

Reste que si vous réussissez à attendre assez, petit à petit, vous repensez à la sale gueule de l'huissier, à la Bar Mitzvah du petit dernier, à vos hémorroïdes ou à la vaisselle qui croupit dans l'évier. Dans mon cas, tout a été très vite. J'ai perdu la dent, j'ai paniqué, j'ai tout abandonné et, si j'avais vécu à Montpellier, le temps que je trouve une station de métro, j'aurais changé d'avis ou je serais mort de vieillesse, mais comme j'habite Paris, j'ai profité de mes deux minutes de liberté totale et j'ai sauté. À Rennes, avant que le métro se pointe, j'aurais pu tergiverser, peser le pour et le contre, mais à Paris, sur la ligne une, j'ai presque dû courir pour être sûr d'être écrasé.

D'ailleurs, j'ai couru. J'ai sprinté pour bien me jeter dès l'entrée du train dans la station. Histoire que le chauffeur ne me voie pas et ne puisse pas freiner. Et donc je fonçais vers le fond de la station comme un dératé, bousculant les gens qui devaient me prendre pour un de ces abrutis prêts à rater son métro pour monter dans le bon wagon. Comme si tous n'allaient pas au même endroit, à la même vitesse. Bref, je cours et au moment de sauter, je trébuche.

Ne me demandez pas comment. Les bandes vidéo

prouvent que j'ai glissé tout seul. A priori à cause de la merde qu'il y avait sous mes chaussures. Au lieu de me jeter proprement sous la rame, en perdant l'équilibre, je me suis retrouvé coincé entre la rame et le quai de la station. Plus précisément, une de mes jambes est tombée dans l'espace qui les sépare. J'avais bien fait de courir, car comme j'avais réussi mon coup, le chauffeur ne m'avait pas vu et il m'a traîné jusqu'au bout du quai. Sur la vidéo, on aperçoit très nettement qu'à part me faire claquer les couilles par une armée de gremlins équipés de tisons brulants, tout me paraitrait préférable à cette chevauchée horrifique. Je me débats furieusement, mais en m'agitant je fais glisser mon bras et je me retrouve bloqué par le bras et la jambe droite. Un peu comme si je faisais du cheval à califourchon sur le trottoir de la station. Même si la vidéo défile en basse qualité, on devine assez bien ma gueule qui nettoie le bitume pendant quatre-vingts mètres. Un des gars de la sécurité, un spécialiste, me désigne tous les endroits où je laisse une dent.

– Regardez là, on voit nettement, dans la tache de sang, y a une marque blanche. C'est une dent.

Il a l'air tout content de lui, comme si sa capacité à trouver mes chicots dans mon sang pouvait lui servir dans le monde extérieur. Peut-être qu'il touchera une prime par dent retrouvée.

À l'arrivée, lorsque les portes s'ouvrent automatiquement, parce que le chauffeur un peu déboussolé a oublié de les bloquer, je me les prends dans ce qui subsiste de ma gueule. Bizarrement, j'ai souvenir de la douleur. Alors qu'il ne me reste qu'un moignon de jambe droite, un quignon de bras droit et trois dents, cette porte en pleine figure augmente ma souffrance. Doublement : physiquement parce qu'on ne se rend pas compte lorsqu'on prend le métro à la bonne hauteur, mais elles s'ouvrent vite ces portes. Et mentalement, car je trouve que c'est un brin abusé. Je me souviens avoir pensé que Dieu existait et qu'il venait de m'envoyer un petit message : « Je te vois, Ducon et je t'aime pas des masses ».

Après, je ne me rappelle plus rien. Les douleurs cumulées me font tomber dans les pommes.

Et je me réveille sur mon lit d'hôpital.

D'abord, je songe que j'ai eu de la chance : « T'es vivant mec » ! Ça me tient une seconde, une seconde trente, maximum. Ensuite, à peu près tout ce qui subsiste de mon corps se tire la bourre pour m'envoyer des signaux de douleurs de compétition. Puis, dans la panique liée à cette souffrance infinie, je cherche à m'enfuir, ce qui représente, j'en ai conscience, le truc le plus con à tenter. Heureusement, ça ne porte pas à conséquence, car je m'aperçois qu'aucun de mes membres ne répond. Je suis totalement paralysé et lorsque je veux hurler, mes tourments, ma colère ou ma peur, rien ne sort. Je ne peux plus parler, sans que je sache trop pourquoi. Et une phrase clignote en vert fluo dans mon cerveau : « Même pas foutu de se jeter correctement sous un métro ». À ce niveau de nullité, je mérite un prix, un prix spécial. J'ignore qui décerne les prix des morts ratées les plus connes, mais barrez-vous, faites place, c'est moi le récipiendaire.

Des gens défilent toute la journée. C'est très pénible, car ils semblent ne pas noter ma présence. À part la première infirmière qui m'honore d'un air navré, tentant de cacher sa pitié et son dégoût, les autres parlent de mon état comme si je dormais. Vu ce qui reste de moi, je comprends presque leur comportement, mais je le trouve vexant malgré tout.

– Tétraplégie et disparition de la capacité cognitive liée au langage. Il peut nous voir, nous entendre, mais rien de plus.

Ah si, je peux souffrir aussi. Et dans des proportions gratinées. Tout mon être me vrille ses piques dans le cerveau pépouse. Et oui, je vous entends parler de moi comme d'un morceau de bidoche ! Au moins, je sais pourquoi je ne peux plus jacter. Je le prends comme une bonne nouvelle. À partir de maintenant, les bonnes nouvelles dans ma vie seront de ce niveau-là : « Tiens, je viens de ressentir un truc sympa dans mon moignon droit ».

Mais je reporte mon attention sur ces cons qui m'ignorent. Pourquoi m'infligent-ils ça ? C'est vexant, insultant, injuste, inutile. Aussi inutile que ma colère qui augmente vu que je n'ai rien ni personne vers qui la tourner. Je peux atteindre une colère de neuf sur l'échelle de Hulk, je n'arriverai même pas à me chier dessus. Ou à m'empêcher de me chier dessus plus précisément vu l'état de mon sphincter. Je peux leur faire les gros yeux, mais lorsque vous êtes un steak, vous pouvez faire les gros yeux toute la journée, avant qu'on le remarque, les mouches à merde vous auront bouffé.

Ils finissent par quitter la pièce, lassés sûrement par mon apathie contrainte.

Et me voilà face à moi-même : paralysé, muet. J'entends et pour communiquer, il me reste ces méthodes à la con qui consistent à battre des paupières. Un battement pour A, vingt-six pour Z et pour la ponctuation, aucune idée. En même temps, le premier qui vient me faire chier parce que j'ai pas cligné proprement une virgule risque de me scier un peu les nerfs.

En tant qu'écrivain, si mon espérance de vie cloué sur ce lit approche les dix ans, je dois pouvoir cligner un roman de Marc Levi, mais pour dicter l'équivalent de « Guerre et Paix », la science va devoir progresser.

Le vertige de ma situation m'engloutit : il y a toujours plus malchanceux que soi, c'est vrai. Sauf que dans mon cas, le seul mec le plus malchanceux que moi le jour où je me suis jeté dans le métro, c'est moi le lendemain. Et pour tous les lendemains du monde…

Enfin Lucie pénètre dans la pièce. Mon rayon de soleil. J'ai beau carburer à la morphine, crouler sous une tonne d'emmerdes, et naviguer en choc post-traumatique, je possède assez de lucidité pour comprendre que cette visite est la première et sûrement la dernière. Que pouvait-elle espérer de moi désormais ? Et ce n'était pas comme si j'avais réussi quoi que ce soit lorsque je disposais de deux bras, deux jambes et que je pouvais gagner tous les marathons du monde. Alors oui, YouTube était rempli de vidéos de types avec un seul pied qui foutent des branlées à Michael Jordan ou de femmes sans nez qui remportent le concours du meilleur sommelier, mais le seul truc que je pouvais gagner dans mon état c'était le trophée du mec le plus inutile. Et encore, il se trouverait sûrement quelqu'un pour m'utiliser en guise de coussin et je finirais deuxième.

Lucie m'observe longuement. Les médecins l'ont certainement prévenue de ma nouvelle condition. Elle a dû se préparer, mais autant se préparer à manger un tartare de boeuf quand on est végétalien : ça passe moyen. Elle semble à deux doigts de fondre en larmes, mais le cœur et le cerveau réservent des surprises. Alors que deux perles se forment très nettement au coin de ses yeux, elle part du fou rire le plus démentiel qui soit. Cette capacité à se foutre de ma gueule dans les moments les plus durs me fait reconsidérer entièrement notre relation. Ça et le fait que je suis cloué à un lit, immobile et muet, pour le restant de mes jours en mode sculpture abstraite.

Quelques secondes plus tard, elle tente de se reprendre. Dans son regard, je lis l'horreur, la peur, le doute, la conscience du mal que son rire me cause.

Sans réelle surprise, dans mon cas j'entends, elle s'approche de moi et, probablement sous le coup d'une lucidité nécessaire, elle pivote et part en courant.

Non sans arracher un fil au passage. Enfin un tube. Plus particulièrement la sonde qui à partir de ma gorge se balade dans mon corps comme un vers. Mais il y a tellement de tuyaux autour de moi qu'il est difficile de m'atteindre sans en traverser au moins un ou deux.

Sur le moment, je suis soulagé : je vais peut-être mourir. Ce sentiment me tient une bonne demi-seconde, jusqu'à ce que la souffrance se présente. En terrain conquis, déjà, mais réservant quelques surprises.

Lorsque je reprends connaissance, moi, athée convaincu, je me trouve à quelques encablures de la croyance. Ce qui m'arrive ne peut pas être le fruit du hasard. ÇA COMMENCE À FAIRE BEAUCOUP. D'autant que dans ma situation, un des seuls avantages, discutables, était qu'il n'allait PLUS RIEN m'arriver. Je veux bien essayer d'en prendre mon parti, mais si tous les jours je me fais arracher un tube, on risque de tomber dans le particulier.

Une semaine plus tard, il ne m'est effectivement rien arrivé et c'est pire que tout. Il faut avoir vécu avec soi uniquement pour le comprendre. Il y a de quoi devenir fou, mais, et c'est le plus horrible, on reste sain. On ne devient pas fou enfermé dans sa caboche vingt-quatre heures sur vingt-quatre sans espoir. On devient juste déprimé à en crever. J'en déduis que la démence représente notre état naturel pour que ce traitement ne m'altère pas plus. Il n'y a plus rien à dégrader, mais cela n'améliore pas mon humeur.

Ce qui dézingue mon moral, c'est le nouvel infirmier de nuit. Sa tête me répugne spontanément, mais j'ai déjà appris à ne pas attacher d'importance à des contrariétés si relatives. Je suis tétraplégique, je ne vais pas chialer parce que cet infirmier se trimbale une sale gueule. Lorsqu'il sort une plume d'oie et commence à me chatouiller au niveau du nez en se marrant, je vous avoue que j'ai buggé. Je n'y crois pas. Je me mets à rire par réflexe, produisant des bruits de débiles légers puisque ma bouche ressemble à une création de Mike Tyson et que je ne peux pas parler. J'émets des « hin hin hin » et autres « hon hon hon », mais je veux pleurer de désespoir et d'agonie, car rire contre son gré est un des trucs les plus désagréables qui soient.

Cet infirmier qui a dû faire ses classes à Birkenau vient généralement trois à quatre fois par semaine. Parfois, il se pointe avec sa plume d'oie, mais lorsqu'il doit me changer, il abandonne l'accessoire et me force à manger ses crottes de nez, ce qui, je vous assure, est du dernier mauvais goût, au propre comme au figuré.

Pendant les semaines qui suivent, je m'aperçois, presque sans surprise, que le flot de visiteurs se tarit à vitesse grand V. Ce n'est pas pour me déplaire, car leurs visages graves, gênés ou ravagés par la tristesse ne m'aident aucunement. Mais ce qui m'inquiète plus que tout, lorsque je me retrouve totalement seul, enfin seul avec mon infirmier préféré, c'est que l'espoir de mourir disparaît. Si personne ne vient plus, personne ne va mener de combat pour que je puisse crever dignement. D'autant que mes clignements de paupières pour communiquer me valent juste des regards méprisants. Personne ne comprend rien ! Aucun soignant ne cherche à me rééduquer ou à communiquer avec moi. Je suis posé sur un lit, avec une télé allumée toute la journée, généralement sur une chaîne que je déteste et il semble bien que toute la société s'en satisfasse.

J'en suis là de mes réflexions, évoluant entre la dépression absolue et le désespoir le plus total, cherchant néanmoins à me raccrocher à la moindre étincelle de lumière. Un épisode de Derrick à peine moins raté que les autres représente désormais une aurore boréale des plus puissantes, les jours où l'infirmier ne me fait pas manger ses résidus prennent une saveur nouvelle, et les rares moments sans souffrance me procurent un baume, insuffisant, mais réel.

Il me reste, à vue de langue, dix-huit dents. Personne n'a jugé utile de me changer les dents de devant que j'avais perdues, c'est-à-dire dix. Et j'en ai pris mon parti. L'idée que j'aurais chuinté en parlant est abolie par le fait que je ne peux pas jacter. Je vous l'ai dit, je trouvais des raisons de me réjouir presque partout. Jusqu'à ce que la douleur dans cette dent du fond se réveille.

Les deux petits vieux

Marcel et Alphonse se retrouvèrent au bar du coin, comme tous les samedis depuis huit ans. Marcel arrivait vers dix-huit heures, un petit peu avant Alphonse qui devait aimer se faire désirer et se montrait dix minutes plus tard. Ou peut-être affectait-il de ne pas paraitre dépendant de ce rendez-vous : « J'y vais, mais quand je veux ».

Le fait que l'un se présentât toujours à dix-huit heures et le second à dix-huit heures dix confirmait l'importance que chacun y attachait, mais sauver les apparences demeure, à tout âge, un travail aussi exigeant qu'inutile.

– Pierre, tu mettras un demi à Alphonse s'il te plait. Sur mon compte.

Pierre, le fils du couple d'Auvergnats propriétaires, apportait alors un demi à Alphonse. Comme tous les samedis, Marcel offrait le premier verre.

Ensuite, Pierre s'en était amusé au début, chaque petit

vieux racontait sa semaine, mais sans écouter l'autre. Ils monologuaient de conserve :

– Je suis allé chez le gastrologue lundi, commença Marcel.

– Et ma fille est venue diner, je lui ai préparé… commença Alphonse.

– Un cancer de l'estomac qu'il m'annonce, alors tu penses si…

– J'étais content quand elle m'a avoué que ça lui rappelait son enfance parce que…

– Je n'aurais pas le temps de retomber en enfance, je serai parti avant…

– Et elle est revenue pour me dire à quel point elle m'aimait.

La teneur des échanges ne variait jamais. Marcel détaillait des horreurs semaine après semaine et Alphonse étalait ses joies et ses bonheurs. Même lorsque les rôles s'inversaient, que Marcel trouvait un maigre plaisir à conter et Alphonse un faible malheur à décrire, il semblait à Pierre qu'Alphonse le vivait mieux que Marcel.

Leur petit manège se continuait lorsque Alphonse remettait sa tournée, mais l'importance des sujets tendait à diminuer :

– Je suis entré dans une librairie et j'ai demandé le catalogue de « La Pléiade », recommençait Marcel.

– Je me suis procuré l'intégrale de Beethoven en 5.1 parce que, redémarrait Alphonse.

– Avant j'en achetais trois exemplaires en mai, mais

depuis que j'ai dû me refaire les dents, je n'ai plus les moyens.

– De les réécouter avec un système de son renouvelé, un vrai bonheur de…

– Je ne peux plus mais que veux-tu, c'est la vie, continuait Marcel en souriant.

Marcel souriait toujours en énumérant ses malheurs. Un sourire discret, mais sincère qui partait des lèvres pour remonter jusqu'aux yeux. Yeux qu'Alphonse avait plissés en permanence, non par la contrariété, mais par la concentration.

Enfin, vers les dix-neuf heures, inlassablement, Marcel proposait, entre deux soliloques, à Alphonse de reprendre un verre. Invariablement, Alphonse se faisait prier, simulait celui qui a assez bu. Les premières fois, Pierre s'était demandé pourquoi il surjouait autant son rôle.

– Non, mais c'est vraiment parce que tu insistes.

C'était son code pour signifier qu'il n'en paierait pas une autre. Et chaque semaine, Marcel, qui n'avait plus les moyens de s'offrir un livre de « La Pléiade », dépensait un vingtième de livre de « La Pléiade » en bière, pour acheter un peu de temps avec celui qu'il savait ne pas être son ami. Et Alphonse, qui écoutait ses intégrales de Beethoven sur un système à plusieurs milliers d'euros souriait au fond de lui de cette bière qu'il croyait arracher à celui qu'il n'aurait jamais considéré comme son camarade. Les années passant, il avait poussé le vice jusqu'à boire cette bière presque cul sec et s'en recommander une pour lui. Il sortait alors des pièces, de la petite monnaie pour bien signifier qu'il n'avait plus rien et lançait, tandis que Marcel attaquait la seconde moitié de son verre :

– Pierre, tu peux me remettre un demi ?

Lorsque la boisson arrivait sur le comptoir, Alphonse poussait les pièces, insistait lourdement :

– Il y a assez, j'espère ? Parce que…

Il ne finissait jamais sa phrase. Puis il prenait sa pression, tapotait l'épaule de Marcel :

– Bon, allez, je te dis à la semaine prochaine, et il se dirigeait vers sa table.

Après avoir joué la comédie de l'homme à court d'argent, il commandait, dans le même bar restaurant, sous le nez de Marcel, des huitres, un turbo en sauce, des profiteroles et un excellent vin. À sa place habituelle, Alphonse apercevait Marcel, mais uniquement de dos. Ce qui lui allait très bien.

Pierre lui, observait les deux petits vieux. Alphonse, satisfait, et Marcel, délaissé, qui paraissait oublier qu'il se trouvait dans un lieu public.

Chaque samedi, à l'heure où Alphonse le quittait pour aller manger, à l'heure où Alphonse l'abandonnait après lui avoir soutiré une bière, Marcel était rendu à sa solitude infinie. Le moment se révélait si insoutenable pour lui que toutes ses barrières semblaient céder. Pierre pouvait voir la lutte intérieure pourtant : le visage qui s'affaissait, les yeux qui papillonnaient comme pour vérifier que personne n'avait rien remarqué, et la tristesse, la solitude qui revenaient hanter ce petit vieux si isolé, que même entouré il n'arrivait pas à créer de liens. Si habitué à raser les autres qu'il n'osait plus leur parler, ou alors pendant qu'eux-mêmes discutaient pour ne pas trop les embêter.

Chaque samedi, à dix-neuf heures quinze, Pierre observait la misère humaine et chaque samedi à dix-neuf heures quinze, Pierre se jurait qu'il allait changer de métier. Et Alphonse se promettait qu'il arriverait à se faire payer un demi de plus la semaine prochaine et Marcel se promettait, se jurait solennellement qu'il s'offrirait le cadeau de ne plus être un poids pour personne. Chaque samedi.

Une petite histoire de pénis

Alex tenait son sujet : les micropénis. Son idée de nouvelle l'enthousiasmait : une de ces histoires drôles et pathétiques qu'il affectionnait tant. Plus les jours passaient, plus il se convainquait de son intérêt. Il s'installa devant son PC, commença à écrire. Situations, personnages, dialogues, tout s'enchainait, se mettait en place naturellement. Avec l'expérience, il avait constaté que ses meilleurs récits coulaient d'un jet. Lorsqu'il devait trop les retravailler, y réfléchir, plonger dans le laborieux ou s'interrompre sans arrêt pendant la phase initiale, le résultat le décevait toujours.

Deux heures plus tard, il avait accouché du premier jet. Il le parcourut et rit aux larmes. Lorsque l'hilarité le gagnait à la relecture, ce qui à sa grande honte se produisait assez régulièrement, il savait que le texte final plairait aux lecteurs. Il ne restait qu'à laisser reposer quelques jours, ou quelques semaines, le reprendre pour modifier quelques formulations malheureuses, utiliser un vocabulaire plus choisi et il tiendrait une très bonne nouvelle.

Il sortit boire une bière pour fêter ce qu'il imaginait déjà comme un succès. Enfin, il se coucha, satisfait.

Dans la nuit, il se réveilla en panique, transpirant. Il n'était pas de ces écrivains qui trouvent des idées de romans en dormant, mais la pensée qui lui avait traversé l'esprit lui glaça le sang :

Cette histoire de mec au micropénis, sans tomber dans le naturalisme, respirait le vécu tant elle était plausible. Et si ses lecteurs en déduisaient qu'Alex maitrisait le sujet car il était affublé d'une petite bite ?

Comment faire pour dissocier l'auteur de l'humain ? D'autant que souvent, ses proches notaient « Non, mais là, c'est toi ». Alors que la plupart du temps, il inventait, recréait des situations pour obtenir un résultat très éloigné de lui. Comme beaucoup d'écrivains.

L'idée qu'on puisse croire une seule seconde qu'il se trouvait affublé d'un petit pénis le laissait saisi d'effroi. Il concevait le ridicule de son angoisse, mais ne pouvait s'en défaire.

Il se leva pour chercher une règle et se demanda si, à son âge, mesurer son sexe pour se convaincre qu'il n'avait pas un micropénis était bien sérieux. Il s'esclaffa et retourna se coucher.

Le lendemain, au réveil, il n'avait plus envie de rire. Il ne pouvait tout simplement pas sortir cette nouvelle. Mais l'idée d'abandonner son travail, ce texte si drôle le désolait.

Toute la journée, il considéra la situation, la ressassa et finit par identifier une solution : Aurélie. Son amie Aurélie, écrivaine, pourrait publier le récit sous son nom. Personne n'irait questionner la taille de la bite d'Aurélie, et son histoire aurait une chance de trouver son public. Aurélie recueillerait les louanges éventuelles, mais cela ne ferait pas de mal à l'égo d'Alex.

Il appela Aurélie dans la foulée pour fixer un rendez-vous.

— Tu te rends compte que c'est totalement ridicule ?

Aurélie avait raison et Alex en convenait.

— Complètement con même, mais j'y peux rien. Et puis tu sais, nous…

— Oui, vous les hommes avec votre zizi. On dirait vraiment que vous êtes deux et que c'est le plus petit qui commande le plus gros.

— Petit, pourquoi petit ? rigola Alex. Bon alors, c'est d'accord ?

Aurélie aimait beaucoup Alex. Depuis cinq ans qu'ils se connaissaient suite à une rencontre sur le Salon du livre « Inclassables, mais bien quand même », ils avaient développé une solide amitié. Leurs styles différaient, mais ils avaient cosigné une série de récits brefs qui avaient bien fonctionné. Aurélie pourrait s'approprier le texte d'Alex. Et puis, qui verrait dans la nouvelle d'une auteure presque clandestine, la patte d'un autre écrivain tout aussi obscur ?

Alex retravailla son manuscrit, Aurélie proposa quelques changements et trois mois plus tard, elle la publiait sur son site au sein de sa collection d'histoires courtes « Les dépressifs du dérisoire » sous le titre « Une petite histoire de pénis ».

La nouvelle fonctionna bien. Les retours affluèrent, unanimes : très drôle, enlevée et réaliste.

Marc, le mari d'Aurélie lisait les commentaires sur le site, comme à chaque fois. Cette nouvelle, il l'avait appréciée, mais le style le faisait tiquer :

– On dirait pas que c'est toi.

À quoi Aurélie avait répondu :

– J'aime bien changer de ton.

Elle n'avait pas osé lui avouer qu'Alex en était l'auteur. Trop compliqué. Un peu ridicule aussi. Et puis, coquetterie d'écrivaine, elle souhaitait découvrir si quelqu'un s'apercevrait de la supercherie. Cela lui avait paru malin sur le coup, mais lorsque Marc reprit, elle douta :

– D'accord. Alors je voudrais bien que tu m'expliques ce commentaire « Génial Aurélie. Moi qui ai partagé la vie d'un homme à micropénis, c'est exactement ça. C'est du vécu, ça se voit » !

Aurélie scruta Marc pour vérifier s'il parlait sérieusement. Mais le venin de la suspicion se frayait un chemin dans les veines de son mari.

– Tu plaisantes ?

– J'en ai l'air ?

Non, il n'avait vraiment pas l'air.

– Qu'est-ce que tu veux que je te dise ? D'où te sort une idée pareille ?

– Il y a dix ans, quand on s'est rencontré, on a eu une discussion sur les micropénis. Je m'en souviens très bien. Un fou rire incroyable. Même que tu disais, entre deux larmes : « Ça prouve que les plaisanteries les plus courtes ne sont pas toujours les meilleures ». Ça te faisait marrer d'une force, et moi aussi. Mais tu avais explicitement exprimé ta curiosité d'en voir un en vrai. Alors j'aimerais bien comprendre comment aujourd'hui tu peux écrire, je cite, « Avec un tel réalisme, on sait que c'est du vécu ».

Aurélie commença par pouffer. L'attitude de Marc frisait le ridicule. Cela n'avait aucun sens. Mais Marc ne plaisantait pas :

– Écoute, je suis écrivaine, c'est mon métier d'inventer des histoires. J'invente, je me documente, je lis, je réfléchis et je recrée.

– Oui, mais là, je lis cet autre commentaire « Il n'y a qu'une personne en contact avec un de ces types au micropénis qui peut écrire avec autant de précision ». Ça fait beaucoup non ?

Aurélie pensa qu'Alex avait bien fait de ne pas publier directement, il se serait retrouvé avec la réputation de petite bite jusqu'à la fin de ses jours. Elle devait continuer à le couvrir, mais la situation devenait gênante.

– Si tu es assez bête pour donner foi à ces commentaires, assez rustre pour me prêter une aventure et assez insultant pour ne pas envisager que j'ai le talent d'inventer une telle histoire, je préfère sortir prendre un verre.

Lorsqu'elle rentra, deux heures plus tard, Marc reposait

dans le canapé qui faisait face à l'entrée. Il l'attendait. Elle avait espéré que le ridicule de la situation le ramènerait à la réalité, mais il semblait au contraire avoir ruminé pendant cent-vingt minutes :

– C'est l'autre con ?

– Quoi ? De quoi tu parles ?

– Le micropénis, c'est le micropénis de l'autre con, Alex.

Marc avait toujours été un peu jaloux d'Alex. Aurélie et lui étaient partis sur trois salons ces cinq dernières années, ils s'entendaient bien, il avait souvent craint une autre sorte d'amitié.

– Mais qu'est-ce que tu racontes ?

– C'est sa bite, c'est pour ça que tu as écrit l'histoire en imitant son style. Quand est-ce que tu as couché avec lui ?

Aurélie n'aimait pas la tournure des évènements. Et Marc, géant calme au naturel, pouvait entrer dans des colères aussi rarissimes que destructrices. Surtout lorsqu'il avait bu. La bouteille de Jack Daniel, à moitié vide, qui trainait sur le canapé, ne lui inspirait rien de bon.

– Alors ? Tu as baisé avec lui ? Sur quel salon ?

Tandis qu'elle prenait conscience de sa peur, Aurélie songea qu'elle n'avait aucune raison de rester avec une personne qu'elle craignait. Elle allait quitter Marc, c'était une évidence. Surement pas pour Alex, pour qui elle n'avait jamais rien ressenti d'autre qu'une amitié intellectuelle totalement asexuée.

– Marc, on en reparlera demain, quand tu auras décuvé. Sache juste que tu es ridicule. Il ne s'est jamais rien passé entre Alex et moi. Dix ans que je te suis fidèle et tu me fais un caca nerveux pour une nouvelle. Tu m'emmerdes, je vais dormir.

Mais Marc ne l'entendait pas de cette oreille.

– Tu as couché avec ce nain à petite bite !

– Si tu veux, bonne nuit.

– Il parait que les nains en ont une grosse, mais lui, il en a une microscopique.

– Ce n'est pas un nain et je ne connais pas la taille de son sexe. Bonne nuit.

– OK, d'accord, ce n'est pas lui. Je suis ridicule. Admettons.

Aurélie s'arrêta, prête au soulagement.

– Mais ça ne change rien parce que maintenant, les gens vont croire que le micropénis, c'est moi. Le géant à petite bite.

Merde, Aurélie n'y avait jamais pensé. La gaffe. Marc était aussi attaché à son sexe que n'importe quel mâle de base. L'idée qu'on puisse imaginer qu'il n'était pas, au pire, légèrement plus grand que la moyenne lui était insupportable.

– Tu veux m'humilier c'est ça ? Quand on s'est rencontré, tu m'as dit qu'il était de taille normale.

– Mais, mais Marc, tu as près de quarante ans. Ça fait dix ans qu'on est ensemble ! Tu vas pas me faire une crise à cause de ton petit pénis.

La boulette, la mauvaise formulation, la vanne mal

taillée :

– Ah, tu vois, c'est moi. En fait, c'est moi. Tu te fous de moi, de ma virilité devant tout le monde. Tu as pensé au boulot ? Parce que certains de mes collègues les lisent tes nouvelles. Et ils m'en parlent après. Et ils se moquent souvent. Tu imagines demain ?

Puis, après avoir laissé passer un silence, qu'Aurélie n'osa pas briser, il reprit sur un ton nouveau :

– Tu as ruiné ma vie salope !

Marc avait tendance à tout noircir lorsqu'il était bourré. Elle comprenait, en partie, son angoisse, mais le « salope » restait inacceptable. Impardonnable. Elle allait quitter ce mec mais avant, elle allait lui répondre :

– La salope comme tu l'appelles s'est occupée de ta petite bite pendant dix ans. Je n'ai pas entendu de remontrance, et je n'ai pas noté non plus de volonté de me faire jouir plus que nécessaire, de t'intéresser à autre chose qu'à ton sexe rachitique. Le problème de ta bite, c'est qu'elle est dimensionnée sur ton esprit : étroit, borné et sans génie. Sur ce, je prends mes affaires et je me casse.

Marc, scrutant le visage d'Aurélie, comprit qu'elle ne plaisantait pas. Il se leva d'un geste en saisissant la bouteille de Jack dans la main droite. Avant d'achever sa réflexion, il lui en asséna un coup d'une force peu commune. Marc avait peut-être une petite bite, mais des bras de bucheron. Aurélie tomba comme une masse sur le rebord de la table de l'entrée qui lui pénétra dans l'œil. Elle finit sa chute sur le carrelage et le sang entama sa fuite.

Marc sourit :

– T'as vu ce qu'elle t'a fait la petite bite ?

Cette épitaphe s'avéra sa dernière pensée consciente. Il réalisa la portée de son acte et se réfugia dans son grand corps à petite bite et plus personne ne put jamais l'atteindre.

Ce fut le moment qu'Alex choisit pour sonner à la porte. Il apportait du champagne. La nouvelle avait très bien fonctionné et il venait d'avoir une autre idée pour un recueil avec Aurélie. Un pur concept sur les auteurs qui se cachent derrière un autre. Une idée qui déchirait tout, Alex n'en doutait pas.

Le divin enfant

Ces imposteurs ont failli tuer mon bébé. Mon petit bébé. Que j'ai attendu si longtemps, que j'ai tant mérité. Fausse couche, fécondation in vitro, avortement thérapeutique, césarienne, j'ai tout subi, tout enduré pour donner la vie. Et alors que mon fils adoré entamait sa sixième semaine sur terre, ils me l'ont presque tué. Rien qu'à l'écrire, j'en tremble, j'en pleure de peur, de rage, de haine. Me prendre mon enfant, mon chéri. Jamais. Pourquoi me le retirer ? Qui va l'aimer mieux que moi ? Qui se dévouera plus pour lui construire un avenir radieux, pour le protéger dans ce monde de fous ? Il n'y a pas une personne sur terre plus capable d'amener ce petit être vers le bonheur. J'ai déjà donné plus d'amour en six semaines que dans toute ma vie et le miracle se réalise : j'en ai encore davantage à offrir que jamais.

Comme il est mignon. Il dort comme un ange. Mon ange. Mon bel ange. Si vous n'avez pas d'enfant, je pense que vous ne pourrez pas comprendre ce que je vais vous confier. Avant mon fils, mon existence oscillait entre l'inutile et le futile. Très bon boulot, des amis, des activités, théâtre, cinéma, littérature, exposition, voyage. Quarante années remplies, sans un moment de répit, quarante années à courir, à chercher ce pour quoi je vivais. Quarante années pleines de vide. Jusqu'à ce que je rencontre Marco.

La vie réserve de telles surprises. J'ai porté le regard sur Marco, et le coup de foudre frappa, total et absolu. Et, j'ai presque honte de l'avouer tant cela sonne cliché, mais j'ai souhaité des enfants tout de suite. Je dis « presque honte », car sans Marco mon fils n'aurait pas vu le jour, alors vivent les clichés. L'envie d'enfant me vrillait le cerveau, me serrait le cœur. Fille, garçon, peu importait. Mais plus que tout au monde, je désirais devenir mère.

Marco s'est rapidement révélé comme le dernier des connards. J'ai viré le crétin, mais l'envie d'être mère m'est restée chevillée au corps. J'avais craint qu'elle ne disparaisse. Au contraire, elle n'a cessé de grandir. Pourquoi ? Pourquoi veut-on un enfant ? Et pourquoi n'en veut-on pas ? Je ne saurais le décrire, mais je remercie ce con de Marco. Deux fois : d'être arrivé et d'être parti. Preuve qu'il ne servait à rien, il est sorti de mon existence sans que je tombe enceinte. Heureusement, en 2013, on pouvait faire un bébé toute seule. Ça m'a demandé cinq ans. Cinq à espérer, essayer encore et encore. Et enfin, j'ai accouché. De mon ange, de l'amour de ma vie.

Regardez-le. Il sourit. Je l'embrasse, le mange de baisers pour le réveiller. Nous avons des courses à faire. Nous sommes invités ce soir. Première sortie depuis la naissance. Je suis si fière, j'ai tellement hâte de le présenter. Mes parents, ma sœur et mes amis proches l'ont évidemment vu, mais depuis quatre semaines, je me suis totalement refermée. Juste mon fils et moi. Mon fils, moi et notre amour. Il m'aime déjà tant. Je le ressens. Et cette affection me porte, tout comme la dévotion que j'ai pour lui me soutient. Je suis la femme la plus heureuse du monde, je pense. Je ne sais combien de temps un bonheur aussi intense peut durer, mais aujourd'hui je ne souhaite pas me poser la question, simplement profiter.

Allez bébé, il faut mettre ta doudoune. Voilà, une manche, une autre. C'est parfait. Oh ! tu n'es même pas grognon de sortir de ta sieste. Tu es un amour. Oui, comme ça. Un gros bisou pour ton réveil. Et maintenant, dans le landau. Nous voilà prêts à partir.

Nous passons au centre commercial, je choisis des jus de fruits, un petit peu d'alcool parce qu'il faudra bien fêter ton arrivée. Je n'en boirai pas pour que mon lait reste le meilleur lait naturel qui soit, mais il faut penser aux autres.

Oh ! regarde-toi mon chéri, tu es si beau, si touchant, si vivant. Je ne sais pas ce que je deviendrais sans toi. Si on cherchait à t'enlever, à t'éloigner de moi, j'ignore jusqu'où je pourrais aller, quelles limites je me fixerais. Tiens, maman ajoute une bouteille de champagne, mais je ne te quitte pas des yeux. Maman sera toujours là pour toi mon amour, pour t'aimer et te protéger.

***

– T'as vu maman, on dirait qu'il est mort le bébé.

– Annie, veux-tu bien t'excuser tout de suite !

– Mais regarde maman

– Oh ! mon Dieu.

Les enculés

– Espèce d'enculé d'ordure de mes couilles, veux-tu bien accepter ce petit gâteau, bordel de merde ? gueula Fulbert.

– Ça me ferait chier de refuser, vieil excrément pourri.

– À la bonne heure, grosse morue, bâfre bien, ça te fera pas plus chelinguoter du bec !

– J'vais me gêner, tête de cul !

Suzanne observait son père proposer une pâtisserie à sa voisine. Comme toujours, ou presque, la petite fille gardait le silence. Le cadeau délivré, le père de Suzanne la tira par le bras :

– Allez morveuse du cul, avance un peu ton fion, bordel de poutre à couilles. Sinon on va être en retard pour ton cours de piano de merde.

– Oui, mon papa chéri.

Fulbert la fusilla du regard.

— Nom de dieu de Bon Dieu de bordel de Bon Dieu, combien de putains de fois faudra-t-il que je te répète de jacter correct !

La marchande de journaux qui avait entendu la conversation toisa la jeune fille :

— Petite merdeuse, t'as pas honte d'y claquer le beignet à ton trou duc de daron ? Saleté de merde, va.

Suzanne sourit à la vendeuse encastrée dans son kiosque :

— Je n'ai rien dit de mal, madame.

À ces mots, la commerçante rougit de colère :

— Bon Dieu de chatte vérolée, comment qu'elle me bagoule cette merdeuse ? Et vous faites pas de schproum, l'enculé de dabe ?

Fulbert regarda la marchande d'un air désolé et lança, de sa voix la plus affectée :

— Dame grosse pute à journaux, tu vois bien qu'elle est pas normale cette gamine toute pourrie. T'as de la merde dans la bouche, elle a de la rose. Bordel de couille de loup, on a tout essayé, rien à tirer de cette merdasse. Elle cause comme, comme, pfff, comme je sais même pas quoi. Bordel de merde.

À ces mots, la marchande se radoucit un peu et lança au patriarche :

— Bon Dieu de pute momifiée, c'est une belle enculerie qui vient de t'arriver là. Je te souhaite un putain de bon courage vieille raclure de bidet mal torchée.

— Ta jactance me fera chier tout droit, la morue ! lui

répondit-il avec entrain.

Ils continuèrent leur chemin en direction de la professeure de piano de la petite fille. Sur la route, Fulbert la tança encore une fois, comme il en avait pris l'habitude depuis qu'elle était en âge de parler :

– Bordel de Bon Dieu de couilles infectées, tu peux pas causer normalement. C'est si difficile de suivre les règles, chié !

– Mais tu sais bien que je fais tout ce que je peux. Mais je n'y arrive pas mon papa chéri, je n'y arrive pas.

Et elle ajouta, tandis que Fulbert la fixait toujours avec déception, prenant un air dégouté, du bout de la langue :

– Merde.

À ce mot de ponctuation bienvenue, le visage du grand barbu s'éclaira :

– À la bonne putain d'heure. Tu vois guenon que quand tu veux chier de la jactance de qualité tu peux. Faut juste te saloper le fion plus souvent.

Suzanne hésitait entre la joie d'entendre son géniteur la complimenter et la honte d'avoir prononcé ce terme si, si quoi d'ailleurs ? Elle n'aurait su qualifier les raisons qui l'empêchaient de parler comme tout le monde. À douze ans, Suzanne avait employé cinq fois le mot merde, une fois couille, une fois enculé, toujours pour faire plaisir à son père. Mais plus elle grandissait, plus il lui en coutait. Sa vie sociale ressemblait, déjà, à un enfer. Ses professeurs n'osaient plus l'interroger, gênés par ses réponses policées. Elle se révélait intelligente, travailleuse, mais obtenait souvent des notes en dessous de la moyenne à cause de sa syntaxe.

– Votre rouchie de rédaction de bran présente des enculés de faits qui tiennent la putain de route, mais bordel de merde, quel vocabulaire, et ça manque d'exclamations ! C'est mou du genou, ça suinte la rose alors que ça devrait puer le cul.

Voilà le genre de critique que récupérait Suzanne. Ses camarades, lassés de ses airs, l'avaient ostracisée et reléguée au rang des invisibles.

Suzanne, particulièrement petite pour son âge, observait le monde d'en bas et de très loin. Même ses cours de piano, qu'elle adorait, devinrent une torture tant elle avait du mal à suivre les instructions de la professeure :

– C'est une pute de croche blanche ou une morue de noire double, fi de garce ? Allez, ma petite pute, les deux mains sur l'enculé de piano ! Voilà tes deux mains de merde sur le piano de mes ovaires.

La petite fills devait produire tellement d'efforts pour oublier ces mots si crus, qu'elle en perdait la concentration pour jouer correctement. Elle avait tenté de demander à sa professeure de ne plus employer ce langage :

– Ah ben bordel de chatte pourrie, je voudrais bien voir ça qu'une mini morue me fasse jaspiner autrement. Je suis dans ma putain de maison ou j'y suis pas ? J'y pose mon cul et ma cramouille tous les soirs, j'm'y lave le fion et je devrais m'excuser ! Ben merde, t'as le moral.

Suzanne ne décelait pas de porte de sortie à l'enfer qu'elle vivait. Tous ses efforts pour s'exprimer correctement avaient échoué. Quoi qu'elle tentât, ses paroles sentaient la rose au lieu de puer la merde. Elle rêvait souvent d'un ailleurs, où les gens se parleraient poliment, sans toutes ces bites, couilles, salopes, morues. Elle fermait les yeux et elle percevait des voix, des hommes doux et tendres qui lui susurraient des mots qu'elle connaissait, mais dans des enchainements qu'elle n'avait jamais entendus :

– Mon aimée, je voudrais tant vous prendre dans mes bras et vous caresser jusqu'à ce que mort s'ensuive.

À quoi la femme répondait :

– Mon tendre et cher, que vous êtes beau et bon, et vos mots me touchent droit au cœur.

Elle n'avait pourtant jamais observé personne s'exprimer ainsi. Mais cela lui paraissait la manière correcte. Les paroles de ses parents, de ses proches, de son monde lui écorchaient les oreilles, l'agressaient. Un jour, elle demanda à Ben, un des derniers camarades de classe qui lui parlait encore de lui réciter un poème.

Il l'examina, cherchant à déterminer si elle souffrait d'un traumatisme, d'une maladie quelconque, et dut conclure que non puisqu'il se lança :

– D'accord, quel genre ?

– Un poème d'amour, réclama spontanément Suzanne. Un beau poème d'amour s'il te plait.

Elle s'était assise sur le vieux tronc d'arbre dans la cour, un peu trop haut pour elle, si bien que ses pieds battaient dans le vide, tandis qu'elle attendait la poésie de Ben, le regard énamouré.

– Hum, hum, j'y vais, murmura Ben ému par la réaction de Suzanne. Hum

« Morue Maflue qui jamais ne te lave le cul,

Je viens avec mon dard pour te palper le pouplard,

S'il t'agrée d'y mettre les mains,

Sache que t'en auras putain de plein ».

Ben, qui jetait de petits regards en même temps qu'il déclamait, pensa que son éloquence avait porté, car Suzanne pleurait.

– Je peux t'en raconter un autre si tu veux ? Celui de la pute vérolée et du macro cul-de-jatte ?

– Non, non merci, put articuler Suzanne avant de se sauver.

Rien n'avait de sens dans ce monde. Elle n'appartenait pas à ce monde, elle en était persuadée. Il devait y avoir un autre endroit, ou à tout le moins, un pays différent, un ailleurs où on ne parlait pas comme ça. Elle fuyait, à perdre haleine, sans savoir où, les larmes l'aveuglaient et moins elle voyait plus elle accélérait. À tel point qu'elle finit par rentrer dans quelqu'un avec une force peu commune.

Vlan, boum, patapouf. Suzanne se retrouvant, en moins de temps qu'il n'en faut pour brailler « morue », cul par-dessus tête, entremêlée avec ce qui lui paraissait le corps d'un garçon.

– Désolé mademoiselle, mais vous alliez tellement vite ?

– Bordel de couille, tu ne peux pas regarder où que tu vas, bougre d'enculerie, répondit Suzanne. Elle porta la main à sa bouche. Horrifiée par ce qu'elle venait de dire. Jamais elle n'avait aligné autant de mots crus. Elle avait honte. Était-ce un réflexe devant la peur, la douleur du choc ? Le garçon la scruta, déçu :

– Ah, oui, ben, morue du cul, t'as qu'à mater où que tu poses tes miches.

C'était dit sans conviction. Il se leva, s'épousseta, jeta un dernier regard sur la fillette et partit.

Suzanne, encore rougissante de ses propos, de la course, du choc, demeura interdite.

Quelques instants plus tard, les paroles du garçon lui revinrent en tête « Désolé mademoiselle ».

Elle se remit à courir, mais pour le rattraper :

– Monsieur, monsieur, appelait-elle.

Il se retourna, hésita entre accélérer le pas ou attendre. Il prit le parti d'attendre :

– Oui ? Qu'y a-t-il, mademoiselle ?

– Vous, vous ne parlez pas, pas comme les autres ? Et son visage se décomposa, comme si l'on venait de lui faire remarquer un pied bot, une disgrâce du visage :

– Ah, ça. Oui, il est vrai que mon vocabulaire se révèle plutôt pauvre. Je m'en trouve le premier marri, mais que voulez-vous, cela ne rentre pas. Tout ce qui se finit par « u », pour commencer, je n'y arrive pas.

Suzanne n'en revenait pas. Elle n'était pas toute seule. Elle se mit à danser, chanter en riant, pleurant et tournant autour du petit garçon.

– Mais à la fin, me direz-vous, damoiselle ce qui me vaut cette volte de vertugadins ?

Entendant cette phrase Suzanne s'arrêta net de danser :

– Cette volte de vertugadins ? Oh que c'est beau. Et elle laissa trainer le « eau » longtemps. Elle n'avait pas compris la phrase, en avait à peine deviné le sens, mais que cela sonnait bien à ses oreilles. Une volte de vertugadins.

Elle se posa en face du petit garçon et, le plus sérieusement du monde, comme seul savent le demander les enfants :

– Tu veux bien devenir mon ami pour la vie ?

Le petit garçon qui s'appelait Émile, hésita puis :

– Mais, toi non plus tu ne parles pas comme les autres.

Et son visage accueillit de nombreuses couleurs alors qu'il disait à Suzanne ;

– Avec plaisir, je serai ton ami pour la vie, ma mie.

De ce jour, ils ne se quittèrent plus, au grand désarroi de leurs parents. Émile vivait aussi des humiliations permanentes au sein de sa famille. Et depuis qu'il trainait avec cette « petite morue pas foutue de jactancer correct, bordel de poutre à couilles », sa réputation avait encore chuté. Celle de Suzanne, au plus bas déjà, restait désastreuse.

Mais les enfants n'en avaient cure. Ils s'étaient trouvés, uniques et si semblables. Ils passaient des journées à inventer des histoires sans queue ni tête pour le seul plaisir de s'entendre prononcer des belles phrases.

« Mignonne, allons voir si la rose,

Qui ce matin avoit desclose

Sa robe de pourpre au Soleil,,

À point perdu ceste vesprée

Les plis de sa robe pourprée,

Et son teint au vostre pareil. »

Déclamait Émile tandis que Suzanne, elle, murmurait :

« La nature est tout ce qu'on voit,

tout ce qu'on veut, tout ce qu'on aime.

Tout ce qu'on sait, tout ce qu'on croit,

Tout ce que l'on sent en soi-même. »

Une seule chose les perturbait : d'où venaient ces mots ? Certains, ils l'avaient vérifié, ne se trouvaient même pas dans le dictionnaire ? Les enchainements qu'ils créaient leur semblaient avoir une existence propre. Comme si Suzanne et Émile ne les inventaient pas, mais les récupéraient.

Petit à petit naquit dans leur esprit, l'idée que tous ces mots, ces mots magnifiques venaient d'ailleurs. D'un autre ailleurs. Qu'il leur fallait trouver absolument !

– Bordel de pute borgne, qui m'a foutu une tannée de morveux pareils ? Allez, venez là que je vous baise quand même, même que si vous êtes des petites merdes juste chiées.

Les familles ne comprenaient toujours pas, toujours moins, mais enfin, comme le disait le dicton « Si tu peux pas te branler avec ta main droite, trouve-toi un enculé de gaucher ». Émile et Suzanne doutaient d'avoir saisi le sens de ce proverbe, mais ils avaient bien noté que, de guerre lasse, on finissait par les accepter tels qu'ils étaient.

Mais ce n'était pas assez. Être acceptés ne leur suffisait plus maintenant qu'ils étaient deux. Persuadés que les belles phrases venaient d'ailleurs, ils parcoururent le monde à leur recherche. Et, à force de chercher, ils finirent par trouver leur Graal. Une porte vers ce monde dans lequel ils puisaient ces mots si beaux. Bouleversés, intimidés, excités, ils se tinrent la main et franchirent cette porte, cette belle porte qui arborait un titre si prometteur, même s'ils ne le comprenaient pas vraiment : « Le travail rend libre ! ».

L'écrivain qui ne voulait pas mourir

— Je suis en train de mourir.

— Quoi ? Qu'est-ce qui t'arrive ?

— Je ne peux pas écrire. Et j'en crève.

— Hahaha, il faut tout le temps que tu exagères. T'as un boulot, c'est déjà bien. Allez, à la semaine prochaine.

C'est ainsi que Sam quitta Alex, le laissant seul, au comptoir, devant sa bière.

Alex observa le lieu. Un bar comme il en existait tant à Paris. Un de ces bars où il se sentait toujours isolé, même lorsqu'il était entouré. Cette solitude, il n'ignorait pas que tous les êtres humains la subissaient. Il savait qu'il demeurait aussi imperméable à la souffrance des autres qu'eux l'étaient à la sienne. Mais parfois, parfois il se prenait à croire que lui, parce qu'il écrivait, voyait un peu mieux, un peu plus, un peu plus loin.

Et surtout il rêvait que les autres, pas tous les autres, mais les quelques autres qui lui restaient chers, comprendraient, arriveraient à appréhender que ce qu'il ne pouvait pas assouvir le tuait.

Il avait lu un jour un auteur expliquant qu'il ne fallait pas écrire si ce n'était pas une question de vie ou de mort. Une question de vie ou de mort. Ce n'était pas rien tout de même. Cette phrase l'avait paralysé. Il avait quinze ans lorsqu'il l'avait découverte. Quinze ans, l'âge des possibles, où le monde explose d'opportunités. Et cette phrase l'avait détruit. Il avait quinze ans, il n'avait rien créé et il vivait. Son existence même prouvait qu'il n'était pas un vrai artiste.

Il s'était malgré tout assis devant sa vieille machine, avait mollement commencé à taper quelques mots, n'y croyant déjà plus. Il avait aligné quelques banalités, relu, pleuré, jeté, déchiré, repris. Les jours passaient, il s'y consacra de moins en moins et il ne mourait toujours pas. Il n'était pas écrivain.

Vingt ans plus tard, il comprendrait que ce n'est pas la phrase qui l'avait détruit, mais bel et bien lui qui l'avait saisie comme une excuse. Une excuse pour ne pas tenter, ne pas essayer, ne pas rater. Cette phrase lui avait servi de bouclier contre l'existence. Une phrase échappatoire : « Je n'écris pas parce que ce n'est pas une question de vie ou de mort ». Et il avait traversé son existence en spectateur, à la recherche de ce qui pouvait bien constituer une question de vie ou de mort pour lui.

Il avait affronté déprime, dépression, alcoolisme, tentative de suicide, fuite en avant, sans jamais trouver, sans jamais progresser. Pire, plus les années passaient, plus il lui paraissait s'éloigner de sa quête. Il en était arrivé à vouloir rester au lit, sans but, puisque rien n'était pour lui, une question de vie ou de mort.

Ses proches, comme nous tous, ne cherchaient pas à savoir ce qui n'allait pas, mais aspiraient à débusquer une preuve ici ou là que la situation demeurait sous contrôle, aussi normale que possible. « La vie, c'est pas simple », « On peut pas toujours avoir ce qu'on veut », ces petites phrases, banderilles plantées dans l'égo du malade, le détruisaient.

Son incapacité à transmettre son désarroi, l'injustice qu'il en ressentait, accélérait un peu plus son processus d'auto-destruction. « COMMENT EST-CE POSSIBLE QUE MES PROCHES NE COMPRENNENT PAS QUE JE SUIS EN TRAIN DE MOURIR ? », « POURQUOI EST-CE QUE JE N'ARRIVE PAS À LEUR FAIRE COMPRENDRE MA SOUFFRANCE ? ». Selon les jours, il les blâmait eux ou lui, mais le résultat ne variait pas : il souffrait et abandonnait.

Au bord du précipice, il regarda l'arme sur la table. Elle était chargée. Le cran de sécurité ôté. Il n'avait qu'à la prendre, la poser sur sa tempe et presser la détente. Il avait vérifié sur internet et, dans un cas comme celui-là, avec un pistolet de ce style, le taux de décès avoisinait cent pour cent. Pas de miracle, pas non plus de survie handicapante. Juste la libération au bout du doigt. Il saisit l'arme, la porta à sa tempe, posa l'index sur la détente. Et alors qu'il formait dans son esprit l'ordre pour appuyer, pour se donner le courage, lui revint cette phrase qui l'avait hanté toute sa vie : « Si ce n'est pas une question de vie ou de mort, n'écris pas ». À quel moment serait-ce plus une question de vie ou de mort qu'à cet instant précis ? La révélation lui fit lâcher l'arme. En transe, il alluma son PC et se mit à écrire, toute la nuit, et ne mourut pas ce jour-là.

Le lendemain, il continua et le jour suivant. Il avait compris le sens de la phrase. Il se trouvait exactement dans la situation qu'évoquait l'auteur. Ne pas écrire le tuait. Pas d'un coup. Mais à petit feu. Du haut de ses quinze ans, il avait vu une sanction binaire. Et puisqu'il ne tombait pas, foudroyé pas la muse de la littérature, il n'était pas écrivain. Aujourd'hui, dans sa quarantaine il comprenait : « Si je n'écris pas, je meurs un peu tous les jours. Jusqu'à ce que j'en crève pour de bon ».

Cette illumination le remit en selle. Il lui fallait créer pour ne pas expirer, la chose se révélait aussi simple que cela. Mais une autre vérité s'insinua dans son esprit : il avait vécu vingt ans loin de sa vocation parce qu'il avait mal appréhendé une phrase. Cette découverte le replongea dans l'immobilisme. Comment avait-il pu perdre vingt ans aussi bêtement ? Il faillit sombrer à nouveau, mais comme il continuait à écrire beaucoup, tous les jours, il finit par reprendre le dessus. Délaissant le passé, oubliant le futur pour se concentrer sur le présent. Son présent se comptait en nombre de caractères, en pages relues, en pièces terminées, en scénarios envoyés, en livres publiés. Chaque jour apportait sa petite pierre à l'édifice. Jour après jour après jour, il ajoutait des mots à sa vie. Il vivait.

Il observait sa situation avec une lucidité rare : chaque mot qu'il créait, chaque phrase qu'il inventait, prolongeait son existence.

Mais, comme 99 % de ses camarades auteurs, sa prose ne le nourrissait pas. Ni de près ni de loin. Il n'aurait pas su dire d'ailleurs s'il arriverait à en vivre un jour. Mais, grâce à une petite rente, il avait réussi à se ménager un tiers temps. Il travaillait douze heures par semaine, ce qui lui laissait assez de temps pour écrire. Pour écrire assez pour ne pas mourir. Jusqu'à ce que cela ne suffise plus. Jusqu'à ce qu'il enchaine les tuiles couteuses. Jusqu'à ce qu'il se retrouve avec un deuxième travail après avoir perdu son appartement au loyer très avantageux, jusqu'à ce qu'il finisse avec un emploi normal, avec des horaires intenses et désastreux pour son rythme d'écriture.

Et lorsqu'il évoquait sa nouvelle situation, à sa famille, sa femme, ses proches, tout ce qu'il entendait était : « Allez, c'est pas la mort. Et tu as bien profité ». Les retours, unanimes, l'étourdissaient. Un seul de ses amis avait pris la mesure de la chose. Un seul de ses amis avait perçu le drame dans sa voix, un seul de ses amis avait vu la mort. Les autres avaient balayé l'évolution d'un glacial : « Tu en as bien profité ».

Alex s'interrogeait sur ses proches, sur leur manque d'empathie. Parce qu'écrire ne représentait rien pour eux, ils considéraient que l'en priver ne lui ôtait rien. Allaient-ils lui dire, lorsqu'il leur annoncerait un cancer généralisé, qu'il en avait bien profité ? S'ils le voyaient s'étouffer, plutôt que lui tendre une bouteille d'oxygène lui lanceraient-ils : « T'en as respiré bien assez » ?

Ce décalage macabre le renvoyait à sa solitude. Une solitude renforcée par ce sentiment de proximité. Lui revenait en tête une autre phrase, de Robin Williams : « Il n'est rien de pire que d'être entourés de gens qui vous font vous sentir seul ».

Il tentait de déterminer la part de pathos, d'exagération

qu'il mettait dans ses réactions. Il connaissait sa tendance à l'emphase. Il savait aussi qu'il avait vécu vingt ans dans le coma, sous hypnose, en apnée. Après trois ans à respirer enfin, il ne pouvait plus abdiquer. Le renoncement rimait avec inacceptable. Et si les autres ne comprenaient pas, tant pis, il se passerait de leur aide, de leur jugement et, pour tout dire, de leur présence.

Non, il n'arrêterait pas d'écrire tous les jours. Mais pour écrire tous les jours, autant que nécessaire, il ne lui restait qu'une solution : y consacrer 100 % de son temps libre. Il quitta sa femme, coupa tous les ponts avec sa famille, ses amis. Et à celles et ceux qui arrivaient à lui parler et lui lâchaient sur un ton de reproche « Mais enfin, on ne se voit plus, c'est dingue. Ta présence nous manque. », il répondait : « Tu en as bien profité ».

L'empailleur de cons

– Et vous faites quoi comme métier ?

– J'empaille les cons, répondit Alex à l'homme qui venait de lui poser la question.

Un type sûr de lui, méprisant, qui n'avait démarré la conversation que pour pouvoir évoquer son métier à lui. Il était ingénieur mécanicien et se croyait encore à une époque où le terme d'ingénieur désignait autre chose que « cadre moyen ». Il aimait bien déblatérer sur son activité, sur ce qu'il prenait pour sa réussite.

Grâce aux progrès de la technique, il pouvait montrer des photos de sa grande maison sur son portable à toute personne avec qui il parlait plus de cinq minutes.

Comme la plupart des gens méprisants et arrogants, il pensait que les autres ne comprenaient pas ses stratagèmes. Les autres le démasquaient, mais étaient soient trop polis pour le lui faire remarquer, soit trop indifférents pour amorcer ce type d'échange. Ils préféraient acquiescer dans l'espoir qu'il se fatiguerait en premier.

Mais Alain ne se fatiguait jamais.

Alain pouvait parler de lui, de son métier, de sa maison, de sa réussite pendant des heures.

Alex n'était ni patient ni diplomate. Il avait l'habitude pendant les soirées de se mettre un peu en retrait au début, pour observer les gens. Il avait noté tout de suite le comportement d'Alain. Alain qui avançait vers son interlocuteur, entrait dans son espace vital, cherchant à l'écraser.

Au premier coup d'œil, Alex avait su que ce type allait le saouler. Et à la première syllabe, il avait compris que ce blaireau allait en faire des caisses sur qui il était, ce qu'il valait. Et quand un type veut en faire des caisses sur lui, il commence souvent par prétendre écouter l'autre.

À la réponse d'Alex, Alain avait déjà prévu d'enchainer par « Moi, je suis ingénieur dans la Marine ». Il n'avait aucune intention de discuter du métier d'Alex. Il s'en foutait. Il utilisait les gens comme miroir. Mais ce « J'empaille les cons » l'arrêta dans son élan.

– Alors moi je suis... pardon, vous avez dit quoi ?

– Je crois que vous avez parfaitement compris.

Alain sourit, niaisement :

– Ah oui, vous êtes taxidermiste.

– Spécialisé dans les cons.

Alain, pour la première fois de la soirée, s'intéressa vraiment à son interlocuteur. Il le scruta, chercha une trace d'humour, de second degré ou même d'agression dans le regard d'Alex.

Il ne vit rien.

– Mais comment ça, vous, vous empaillez les, les...

– Le mot vous gêne ? Votre mère est dans l'assistance, elle vous interdit de dire des gros mots ?

– Non, évidemment, non c'est ridicule, c'est que. Enfin, je ne comprends pas.

– C'est pourtant simple.

Alain bascula d'une jambe sur l'autre, cherchant une contenance. Alex l'observait bizarrement. Il avait un truc très inquiétant dans le regard. Il n'était pas là pour rire. Mais Alain était comme hypnotisé.

– Et, vous en vivez ?

Il pensa qu'en amorçant la discussion, sincèrement, il arriverait à démêler le vrai du faux.

– D'après vous ? lui répondit Alex plongeant Alain dans un abime de perplexité.

– Je, je ne sais pas. A priori, les cons ne manquent pas, lança-t-il avec un sourire satisfait.

– J'allais vous le dire...

Alain tendit son verre à l'hôte qui passait une bouteille de vin rouge à la main.

– Vous vous amusez bien ? demanda Agnès.

– Beaucoup, répondit Alain machinalement.

– Tu sais bien que je travaille tout le temps, même quand je me détends, insista Alex.

Agnès partit d'un grand rire :

– Sacré Alex, tu cherches toujours des modèles ?

Alain regarda autour de lui. Ce type le jaugeait-il ? Essayait-il de savoir s'il était assez con pour être empaillé ?

– Non, mais sérieux, vous faites quoi comme métier ?

– C'est marrant hein. Dès que vous exercez un boulot qui sort de l'ordinaire, vraiment je veux dire, tout le monde tente de vous ramener à quelque chose de connu. C'est plus fort que vous. Si je vous expliquais que je m'emmerde toute la journée à trier des casiers d'extrait judiciaires, ça vous rassurerait. Pareil si j'étais cuisinier dans une cantine. Même taxidermiste spécialisé dans les ornithorynques péruviens, ça vous tranquilliserait.

Alain souriait, persuadé que cette tirade annonçait le moment où ce type lâcherait le canular, la blague un peu lourdingue.

– Mais vous avouerez qu'il faut être con pour se dévouer aux animaux quand les humains les font tous disparaitre un par un. J'empaille les cons et j'en vis très bien, merci.

– Mais, mais pourquoi les cons ? Pourquoi pas les gens bien ?

Alex secoua la tête :

– Ah, mais vous pouvez être con et avoir été quelqu'un de bien, ça n'empêche pas.

– Non, c'est sûr. Mais c'est bizarre ?

– Je ne sais pas, vous faites quoi vous ?

– Je suis ingénieur mécanicien pour la marine navale.

– Vous faites flotter les cons, je les empaille, ça nous

fait un point commun. On se complète presque parce que les cons empaillés flottent très bien.

Outré du commentaire qu'il prit comme une atteinte antipatriotique, Alain se redressa :

– Monsieur, je ne vous permets pas !

– Vous ne me permettez pas quoi ? demanda Alex affichant son air le plus neutre.

– De critiquer l'honneur de la France !

– Ah dites, si pour vous l'honneur de la France consiste à envoyer faire le tour du monde en bateau à cinq cents crétins dont le QI cumulé ne dépasse pas celui de ma mère, vous êtes mûr pour une séance dans mon atelier.

Il avait lâché cette phrase sur un ton totalement neutre, presque plus dérangeant.

Alain ne savait plus comment réagir. Qu'il soit en train de discuter avec un type prétendant empailler les cons était déjà délirant en soi.

Que cela devienne une joute verbale s'avérait encore plus effarant.

– Il est où votre atelier ?

– Chez moi.

– Ah. Ce n'est pas un atelier mobile ? Vous ne pouvez pas le déplacer ?

– Si, je pourrais, mais faudrait être un peu con pour déplacer l'atelier plutôt que le con, non ?

– Ça dépend, il est mort ou vivant, le con ?

– Vous voulez dire, avant que je l'empaille ?

– Oui, voilà, avant.

Alex fixa Alain, silencieux. Il attendait visiblement que ce dernier réalise de lui-même l'inanité de sa question. Mais rien ne venait. Alain restait à l'observer en silence, dans l'expectative.

– Vous ne croyez pas que j'aurais un problème si j'empaillais les cons vivants ?

Ne voyant toujours aucune lueur de compréhension, il reprit :

– Ce serait un meurtre. Notez que je serais millionnaire si je pouvais les empailler de leur vivant, avec le nombre de commanditaires qui se bousculeraient. Mais non, ce n'est pas possible.

– Mais sur quels critères les empaillez-vous ?

– Ce n'est pas moi qui décide. Moi, j'empaille les cons, mais ce sont les gens qui les amènent. Je me renseigne, j'enquête un peu sur leurs antécédents pour vérifier le niveau de connerie et j'accepte ou pas.

La mâchoire d'Alain s'abaissait petit à petit. Il était passé, avec une rapidité surprenante, de l'incrédulité la plus naturelle à une curiosité des plus incroyables.

– Et les familles vous payent ? Mais pourquoi ?

– Parce qu'elles peuvent admirer leur parent dans mon musée de cons.

– Vous avez un musée de cons.

– Vous ne croyez pas que je les empaille pour les enterrer après ?

– Non bien sûr, ce serait, ce serait…

– Con.

– Voilà. Mais les familles pourraient les vouloir avec elles ?

Alex ne masqua pas son irritation :

– Vous auriez envie de vous colter un con sous les yeux toute la journée ? Un con que vous avez fait empailler pour bien vérifier qu'il est mort ?

– Non, certes. Mais moi alors ? Vous m'empailleriez ou pas ?

Un très léger rictus parcourut les lèvres d'Alex. Toujours, tout le temps, venait ce moment où le con voulait se mesurer à la jauge. Était-il assez con pour se révéler digne d'un empailleur de cons ?

Alex avait remarqué que seuls les cons posaient cette question. Les autres la formulaient, elle leur brulait parfois la langue, mais ils la gardaient pour eux, conscients que la poser, c'était y répondre.

– Gratuitement ? Non.

– Non, mais, mais si ma famille vous le demandait ?

Alex leva son verre, vrilla son regard dans celui d'Alain, sourit très légèrement, sans que l'on puisse y discerner une trace de triomphe :

– Alors si c'est la famille…

Une soirée Mémorable

Julien Dupontel passait la meilleure soirée de sa vie. D'aussi loin qu'il se souvienne, il n'avait jamais autant ri. Ah les barres de rire avec Albert, Gilles, Gaspard et Benoit. Il y a des moments où tout s'emboite, tout se met en place. Où Albert, le rigolo de la bande semble avoir renouvelé tout son stock de vannes, où Gilles, dont tout le monde se moque habituellement, absorbe avec humour les piques et les renvoie démultipliées, où Gaspard, le modérateur, joue son rôle avec une énergie communicative tandis que Benoît, le sniper, lâche ses traits avec une précision, un sens de la mesure que ne renieraient pas les Marx Brothers. Et Julien, bien sûr, Julien qui est toujours trop occupé pour prendre le temps d'apprécier vraiment ses moments, Julien qui a décidé, ce soir, exceptionnellement que « Ça suffit. Si on ne peut plus passer une soirée entre potes, y a plus qu'à se flinguer hein ».

Depuis vingt ans, Julien a tout sacrifié pour d'autres que lui. Non, c'est inexact : il aime travailler. Il adore ça.

Julien est un drogué de travail. Son entreprise de maçonnerie prospère et cela fait bien dix ans qu'il aurait pu lever le pied pour profiter de ses proches. Mais Julien, comme la plupart d'entre nous, ne sait que répéter éternellement les mêmes schémas, les mêmes gestes : pour le meilleur parfois, au début, pour le pire le plus souvent sur la longueur. Julien, lorsqu'il se détend, entend une voix derrière la tête qui lui lance : « Tu devrais bosser, pense à l'avenir du petit ». Et lorsqu'il travaille, comme une brute il faut le reconnaitre, la même voix, avec une intonation différente lui murmure : « Ton fils grandit vite, et tu n'es pas près de lui ». Depuis vingt, il subit cette voix schizophrène qui rabâche inutilement des dialogues culpabilisants.

Aussi, cette soirée, que Julien vit sans aucune pression, sans stress ni obligation, avec le désir et le plaisir sincères de s'amuser fait-elle figure d'oasis dans un monde de contraintes, de remords et de regrets. Julien se marre et il aime ça. Julien se laisse un peu aller et la joie qu'il en retire le fait s'interroger, comme souvent : « Pourquoi s'impose-t-il cette vie ? Pourquoi ces contraintes ? » Entre deux éclats de rire, il songe « Je suis riche, mon avenir et celui de mon fils sont assurés, pourquoi est-ce que je continue à courir, à m'éloigner des miens ». Alors qu'il essuie ses larmes de rire, il pense que « La vie, ça devrait être ça, passer des bons moments avec les siens ».

Julien ne parvient pas à se souvenir de la dernière fois qu'il a savouré un repas avec sa femme et son fils, avec ce fils qu'il chérit tant. Julien a toujours fait passer Fabien en premier. En oubliant de lui consacrer du temps.

Alors qu'Albert explique comment il a fini dans le lit d'un transsexuel sud-africain sourd muet un soir de beuverie et à quel point le langage des signes peut se révéler universel, Julien rit encore mais avec un peu de nostalgie. Gaspard pose la main sur son épaule : « Laisse-toi aller mon pote, c'est pas souvent, profite ». Julien rigole, « Oui, tu as raison ». Quelle soirée ! Quelle belle soirée ! Si l'on pouvait se souvenir de sa vie, de ces instants comme l'on se rappelle des films, les noter, peut-être que Julien mettrait un neuf virgule neuf sur dix et propulserait ce moment dans son panthéon personnel. Benoît lâche vanne sur vanne tant l'histoire d'Albert, la manière dont il la raconte, s'y prête et, comme au cinéma, Julien n'entend pas toutes les répliques parce qu'ils rient tous trop fort.

« C'est le premier jour du reste de ma vie », pense Julien. À partir de maintenant, je vais me consacrer plus aux miens, et à ce type de moment. Julien évolue dans un état second, souvent provoqué par l'afflux de sang au cerveau lorsque l'on rit trop. Il se sent comme drogué. Sa promesse est sincère mais qui pourrait dire ce qu'il en restera demain ? Tout à sa joie, à son avenir, Julien met du temps à atteindre son téléphone mobile. Il prend l'appareil dans sa main droite, toujours hoquetant de rire. Gilles lui ôte l'appareil des mains. « Avant même l'invention du portable, tu étais déjà rivé à tes responsabilités. Tu ne veux pas décrocher ? Pour une soirée. Juste une soirée » ? Avant qu'il ne réponde, Albert embraye sur une des premières mésaventures de Julien avec ses trois portables. À la toute fin des années quatre-vingt-dix. Gilles repose le combiné et Julien, tout à la mauvaise foi d'Albert, continue de se défendre « Oui j'avais trois téléphones, car j'en avais besoin pour le travail messieurs ».

Ce repas arrosé dure jusque tard dans la nuit. La quantité d'alcool ingurgitée, importante, n'altère pas la qualité des rires. Aucune acrimonie ou aigreur. Pas de vieilles rancœurs, d'histoires de jalousie recuites. Que le plaisir d'être ensemble. L'alcool démultiplie parfois les rires, les émotions et les quatre amis terminent la soirée avec des visages d'enterrements : ils ont tellement ri, pleuré, transpiré qu'ils finissent totalement épuisés. Épuisés, mais satisfaits. Heureux même.

Puisqu'il faut bien se quitter, chacun, vers cinq heures du matin, reprend ses affaires. En attendant qui le taxi, qui l'Uber, ils se promettent de se revoir très vite. Pas possible de ne pas « Remettre ça rapidement ». Ils sourient bêtement en s'embrassant. Installé dans le taxi, Julien se remémore les meilleures séquences de la soirée et se projette. Toute sa vie future ressemble à cette soirée, convoie insouciance et légèreté. Il se déhanche un peu pour prendre son portable qui le gêne dans la poche arrière de son pantalon. Le SMS de tout à l'heure lui revient et les vieilles habitudes ayant la peau dure il regarde son téléphone. Un SMS de Fabien. « Ah, mon fils. Rien de grave au moins », pense Julien en constatant que le SMS a été envoyé depuis trois heures. Mais dans le même instant il se gronde « On a dit plus d'angoisse, de la légèreté ». C'est dans cet état d'esprit qu'il découvre le message de son fils : « Je vais me pendre papa. Je t'aime ».

Porno blaireau

Pays de Galles, Pays de Galles, pays de cons, oui. Depuis une semaine que je traine ici, tout ce que j'ai entendu c'est « Oh ! un nain », « Ça va le nain ? », « Prends pas une pinte, tu vas tomber dedans », « T'as quel âge ? » et autres vannes minables venues d'un autre temps.

Et je suis dans la plus grande ville de ce foutu pays d'arriérés. Cardiff, trois cent cinquante mille culs-terreux bas du front qui doivent se reproduire entre frères et sœurs depuis des siècles. Se faire foutre de sa gueule parce qu'on est nain dans un pays de dégénérés pareils, c'est à pleurer. Où que je tourne la tête, je vois des gens hideux, avec des dents de cheval, des oreilles d'éléphant, bossus, boiteux et ils arrivent encore à se payer ma tronche.

Je n'ose même pas penser à ce que ça va donner pendant la tournée. Trois semaines à écumer les boites de nuit de tous ces villages de pedzouilles. J'espérais au moins prendre un peu de bon temps dans leur capitale. Mais vu l'état du populo de la ville, la campagne doit ouvrir le septième cercle de l'enfer.

Trois semaines. Pourquoi j'ai accepté ? Pourquoi ?

Pas qu'il y ait que les glaiseux à se foutre de ma gueule. Un mètre vingt au garrot, une tête plus grosse que la normale et vous voilà équipé pour « Foutage de gueule land » où que vous alliez. Comme si vous portiez un badge « Faites-vous plaisir, rabaissez-moi encore, ça vous grandira pas, mais ça vous défoulera ».

Les aristos, c'est les pires. Avec leur bouche en cul de poule qui n'ose pas lâcher de gros mots au début, ils finissent par vous agonir d'insultes jusqu'à l'hystérie.

Bien éduqués ou mal élevés, où que j'aille, les gens se transforment en trou de balle. C'est mathématique. Je pensais que ça ne me faisait plus rien. Mais j'étais venu avec trop d'a priori sur ces cons de Gallois. Dans mon esprit, comme ils étaient arriérés et moches, ils allaient se sentir proches de moi, me traiter avec un peu plus de respect. Quel con ! Je suis tellement proche d'eux qu'ils détestent l'image que je leur renvoie. Ils doivent tous avoir un nain dans leur famille : frère, oncle ou tante. Alors au lieu de me considérer comme un des leurs, ils me voient comme une menace. Ils savent que ça aurait pu être eux. Enfoirés de Gallois.

***

– François, François, François ! Réveille-toi, faut qu'on bouge si on veut arriver à l'heure à Newport. Show must go on ! La fête n'attend pas pas pas !

Connard d'agent. Le ravi de la crèche, toujours fidèle au

poste, barbouillé d'enthousiasme mielleux. Il ne fait même pas semblant ce con. Il y prend vraiment du plaisir. Sa joie crémeuse me soulève le cœur et si ça fait cinq ans qu'on bosse ensemble, ça fait bien quatre et demi que j'ai envie de lui tarter la gueule à chaque fois que je le vois.

Je lui ai collé une beigne le mois dernier, et j'étais parti pour lui en claquer une deuxième, mais quand son exaltation a cédé place à la tristesse, au désarroi, j'ai eu un haut-le-cœur et ai dû courir aux chiottes dans l'instant. Ce type était un indécrottable optimiste, totalement dévoué à ma cause. Incurable.

– J'arrive Raymond, j'arrive, pas la peine de brailler comme un putois.

– OK OK OK. C'est cool cool cool.

– Et arrête de tout dire trois fois. Surtout quand ça n'a aucun intérêt la première, merde. Je te l'ai déjà dit cent fois !

– Vendu !

Vendu mon cul, dans dix minutes, il aura oublié et il me sortira un « J'ai payé ton hôtel hôtel hôtel ».

Trois semaines. Je ne tiendrai jamais. Mon cerveau n'acceptera jamais autant de nullité, mon orgueil ne supportera pas les insultes et si je survis, c'est mon foie qui lâchera prise. Je suis condamné. Bienvenue en enfer ! Mais puisqu'il faut y aller, j'ouvre la porte et admire mon agent :

Pantalon rouge, chemise rouge à carreau vert, moustache rousse, cheveux roux.

– T'as décidé de partir bosser chez McDo ?

– Oh oh oh, ça, c'est rigolo rigolo rigolo.

Il n'a même pas tenu une minute.

– Ouais, voilà.

– Allez mon grand, on est parti parti parti.

– Qu'est-ce qui t'est arrivé la dernière fois que tu m'as appelé mon grand ?

Alors que la compréhension s'insinue dans son cerveau, je lui colle un coup de poing dans les roustons. Il tombe à genoux, sa tête à hauteur de la mienne.

– Tu ne m'appelles pas mon petit, tu ne m'appelles pas mon grand. C'est si compliqué de se souvenir de ces deux commandements ? Merde, deux commandements, pas dix, deux, deux, deux !

Ce con va pleurer. Cinq minutes que ma journée a commencé et elle est déjà foutue. Pour lui comme pour moi, sauf que Raymond n'y pensera plus dans dix secondes.

– Bon, j'imagine qu'on va pas s'embrasser, autant tracer.

Je prends ma valise et descends à la réception. Je pue de la gueule, je pue tout court mais je m'en cogne. Je me laverai dans le prochain hôtel.

***

– Bonjour monsieur, bienvenue dans notre hôtel… Ah, je pensais que vous étiez deux.

Le mariole de la réception se croit drôle. Il m'a vu entrer, mais comme le comptoir est plus haut que moi, il peut faire semblant. Ils sont moins nombreux à Newport qu'à Cardiff, mais le niveau de connerie globale a l'air à peu près égal.

Je lance :

– Je suis là trou de balle et je peux encore te faire virer de ce boui-boui. Ce qui mettra un point final à ta déchéance, car je vois pas bien ce qu'il y a après…

Il se lève, se penche volontairement par-dessus le comptoir, prétendant découvrir d'où vient la voix.

– Oh, je suis grandement désolé, monsieur.

L'ordure se révèle précise jusque dans le choix des mots. Classique, mais usant.

– Grandement mon cul. Donne-nous nos chambres et ferme ton claque merde.

– Je vois que vous savez vous faire des amis partout où vous passez.

Raymond le regarde, il hausse un peu les sourcils et les épaules ambiance « Désolé, mais vous savez ce que c'est, les nains sont susceptibles ». Je lui balance un coup de pied dans les tibias.

– Arrête de faire de la lèche aux merdeux qui m'insultent et amène-moi jusqu'à ma chambre.

– Tout de suite patron, tout de suite, tout de suite.

Âne bâté. Quand j'ai rencontré Raymond, il sortait de prison. Il me l'a dit spontanément et j'ai vite compris qu'il était trop bête pour avoir pu faire autre chose que servir d'homme de paille ou un truc dans le genre. De fait, il était tombé pour recel. Une bande avait pour habitude de stocker dans son appart tout un tas d'objets en prétextant le décès d'une tante, d'un oncle ou d'un chien pour ce que ça changeait. Pendant dix-huit mois, Raymond ne s'est pas étonné une seule fois que la grand-mère machin ait possédé quinze iPad ou vingt iPhone, que les télés s'entreposent par paquet de douze. Trop bon, trop con. Mais à ce point, il était quand même largement plus con que bon.

Il m'a fait pitié, et m'a inspiré confiance. Pourtant je savais qu'il fallait jamais bosser avec quelqu'un qui t'inspire de la pitié. Mais j'étais pas en super forme non plus à ce moment-là. Une maladie m'avait éloigné du taf pendant trop longtemps et j'étais bien décidé à rentrer par la grande porte. Et Raymond avait une qualité, que j'avais tout de suite repérée, comme un clebs fidèle, si tu lui indiquais la bonne direction, il y allait, quoi qu'il arrive.

Je lui disais « Trouve-moi une date à Melun » et je n'entendais plus parler de lui jusqu'à ce qu'il ait décroché la date. Je pouvais charger la mule autant que je voulais, il se démenait pour me faire plaisir. J'aurai demandé le Carnegie Hall, il aurait coincé mais essayé quand même. Toujours à fond.

Notre duo ne ressemblait pas à Laurel et Hardy, mais plutôt aux deux blaireaux. Ma carrière a redécollé un peu. De quoi vivre, ne pas sombrer dans l'oubli, et continuer à bosser de manière régulière.

Mais cette virée au Pays de Galles, c'est clairement un raté. J'ai dit à Raymond « Trouve-moi quinze dates au moins, qu'on arrête les micros tournées de trois jours, j'en ai marre ».

– OK OK OK, François.

– Ta gueule, ta gueule, ta gueule, fais juste ce que je te dis, dis, dis.

Il était parti en souriant, trop content de pouvoir oeuvrer pour moi. Mais c'était de ma faute, mes ordres manquaient de précision, résultat : vingt jours chez les ploucs. Et encore, Cardiff et Newport promettaient d'être les destinations les moins insoutenables, après c'était blaireauxland vingt-quatre heures sur vingt-quatre…

***

– François, François, François ! Allez, en route pour la prochaine étape, dépêche-toi.

Si j'étais pas déjà nain, je dirais que le Bon Dieu m'a jeté un sort.

Newport, quelle soirée de merde ! Déjà que dans une ville normale, mes prestations ont tendance à amener les ploucs, mais au Pays de Galles, c'est pas descriptible. C'est bien simple, pas un de normal dans l'assistance. Hommes, femmes, tous mal logés à la même enseigne.

– Alors, t'as bien dormi ?

– Ferme ta gueule et sors-moi d'ici.

Dans la voiture, je sens les coups d'œil que me jette Raymond.

– Qu'est-ce qu'il y a ?

– Rien, rien, rien.

– Trois fois rien ? Vas-y, accouche.

Il plisse les yeux, fait des mimiques bizarres.

– Parle, merde.

Il doit hésiter entre la peur de ma réaction s'il continue à se taire et la peur de ma réaction s'il parle. Finalement, il se lance :

– T'y as été un peu fort hier.

Quoi hier ?

– De quoi tu me parles ?

– Avec, avec les insultes et tout.

– Quelles insultes ?

Je ne me souvenais de rien, et c'était ce qui pouvait m'arriver de mieux pendant cette tournée minable.

– Ben quand même. La deuxième fille.

– La deuxième fille, c'était après la deuxième bouteille de whisky ?

– Voilà. Du coup, t'y as été un peu fort.

– Peut-être et alors, ils n'ont rien entravé de toutes manières.

– Non, mais ils pourraient finir par comprendre.

– Déjà qu'ils ont du mal à se rappeler de leur prénom, d'ici à ce qu'ils saisissent les insultes créatives dans une autre langue.

***

Septième soirée. Un samedi. Le samedi, dans tous les pays que j'ai pu visiter, c'est le soir des bouffons. Des losers, des ringards. Les vrais, ils sortent le vendredi, le dimanche, ou n'importe quel autre jour mais le samedi, c'est le jour des minables.

Et je le vois tout de suite. Déjà qu'on se baigne dans ce qu'on pourrait qualifier d'égout du Pays de Galles, alors un samedi. Un samedi soir à Denbigh.

J'ai picolé plus que de raison ce qui restait le truc le plus raisonnable à faire.

Raymond est venu me voir trois fois, comme d'habitude :

– François, tu bois trop, ça va mal finir. D'autant qu'ils n'ont pas l'air bien sympa ici.

– Parce qu'y a une ville où ils avaient l'air sympa ?

– Ben à…

– Non, laisse tomber, me réponds pas, tu vas me foutre le cafard.

– OK, mais fais gaffe, gaffe, gaffe.

Je suis chaud comme la braise, je me reprends une bonne rasade de Sky et cinq minutes plus tard, le DJ de merde de cette boite de merde annonce mon arrivée.

Ils ont modifié mon nom de scène pour les Gallois, mais ça sonne ni mieux ni pire :

– Introducing the midget with the gigantic groin ferret.

Impossible de traduire. Disons que ça reste dans l'esprit du « Nain à grosse bite ».

Je monte sur la scène, je suis saoul comme un cochon. Je commence à me déshabiller. J'évite le strip-tease, je sais bien que personne ne va prendre de plaisir à voir un nain enlever langoureusement ses vêtements un à un. Mais je joue un peu, tourne, me cache avant de leur dévoiler ce qui me vaut ma célébrité toute relative : mon braquemart de vingt-quatre centimètres, ce qui sur un type d'un mètre vingt fait son effet. Comme si Rocco Siffredi déballait un troisième bras à la place de sa bite.

Faut reconnaitre que quand j'ai la gaule, il y a tellement de sang dans ma queue que j'en ai des vertiges. Limite, je pourrais tomber dans les pommes. D'ailleurs, ça m'est arrivé une fois. Depuis, je contrôle mieux mais je me sens toujours un peu mou. Un peu con pour tout dire.

Je marche sur la scène prenant ma bite à deux mains et demandant, en anglais, « Alors, qui veut tâter du braquemart magique » ?

C'est le principe, je suis censé sauter une truie locale, ou au moins me faire sucer. En général, on repère une femme avant, histoire de savoir à qui on a affaire, mais dans ce bled paumé, va falloir y aller au feeling.

Pas qu'il n'y ait jamais de volontaire, au contraire. Mais ça finit souvent mal quand on prend des gens au hasard.

Mais je suis tellement défoncé que je me cogne de tout.

Arrive une petite, la trentaine.

Et tout bourré que je suis, je vois bien que dans la salle, ils tirent de drôles de tronches.

Elle grimpe sur la scène, je tourne autour d'elle. Elle s'assied sur la chaise, commence à se trémousser.

Je mets une capote, bien sûr. Elle me suce et à ce moment-là, c'est un « Oh » qui monte de toute la salle. Mi-horreur, mi-dégout, mi-amusé. J'ai l'habitude.

Elle baisse son froc et j'entreprends de la baiser devant tout le monde.

Je sens que je lâche prise, je sens que je perds pied.

Je gueule en la besognant :

– Alors les blaireaux, ça fait quoi de se faire piquer sa morue par un nain, hein, ça fait quoi ? Allez, les bouseux, faites quelque chose, dites quelque chose !

Et je continue à la baiser pendant que je les insulte, ces bons à rien de péquenauds.

J'aperçois Raymond qui secoue la tête. On dirait qu'il veut que j'arrête, mais j'ai plus le cœur à rien alors autant poursuivre.

– Comment on appelle la femelle du blaireau ? La Galloise !

Il semble que la fille ait joui. Ou pas. Mais tout roule et je m'en vais sous les huées, les cris et je leur claque un bras d'honneur pour la forme.

Raymond est totalement décomposé.

– Mais, mais, mais François, il ne fallait pas.

– Fallait pas quoi ? File-moi un Sky d'abord.

– Mais c'était la fille de, la fille de, la fille de.

– De qui bordel ?

– Du maire de la ville.

– Ah ben merde et c'est censé me coincer une burne ou j'ai le droit de m'en foutre ?

– Mais, tu ne te rends pas compte. Ils vont lui rapporter ce que tu as fait.

– Et alors ? Dans quinze minutes on aura décarré. On n'a qu'à se casser tout de suite d'ailleurs.

– Mais aussi, le patron de la boite, il parle français. Il a surement compris.

– Et ? Qu'est-ce qui nous fout le plus dans la merde ? Le maire ou le patron ?

– j'ai bien peur que ça se cumule.

Merde, il n'a pas répété trois fois, il doit être sacrément stressé.

– Allez, arrête de te faire du mouron et bois un coup avec ton vieux pote François.

***

Faut croire que le Gallois, en plus d'être con, bête et méchant, est salement rancunier. On a retrouvé mon corps dans un terrier. Un terrier de blaireau. Nu. La bite dans la bouche. Sans finesse aucune. À leur image.

Baby Foot

Momo la déconne qu'on l'appelait. Momo, c'était Maurice. Un sacré déconneur Momo. Toujours le premier pour la rigolade. Ah ! les barres de rire qu'on a pu se payer avec le Momo. De la marrade du matin au soir. On s'était connu au « Rencard », un des bistrots du village un peu moins naze que les autres. Y avait le PMU, le « Bar de la place », le « Café des sports », mais nous on trainait au « Rencard ». Comme pas mal d'autres jeunes du village et de la région. Et il y avait des gonzesses ! Et dans les environs, les gonzesses, ça courait pas les rues. Mais grâce au « Rencard », ce qu'on a pu en lever. De toutes manières, elles n'avaient pas trop le choix : c'était nous ou rien. Et Momo, il assurait pour en ramener des nouvelles. Je sais pas trop comment il se débrouillait, mais il se pointait souvent avec une nouvelle greluche qui connaissait parfois d'autres copines greluches. Au début, elles jouaient souvent les pimbêches, les filles trop bien pour nous mais, quelques verres plus tard, on arrivait presque toujours à les lever. Surtout quand Momo leur faisait gouter son cocktail spécial. Je sais pas ce qu'il mettait dedans, mais je trouvais les pimbêches moins regardantes après. Ha ha ha, ce qu'on a pu se marrer, ce qu'on a pu en baiser.

Jusqu'à ce que Momo en baise une de trop. Jennifer. La conne. Les autres, bon, ça roulait pour s'en débarrasser : « Salut morue, reste pas dans les parages, t'intéresses plus personne ». Pour les lourdes qui ne captaient pas, on pouvait toujours leur coller une tarte pour clarifier. Elles revenaient plus. Mais cette Jennifer, pas moyen. Elle s'accrochait déjà avant alors quand elle s'est retrouvée en cloque, elle a été pire qu'une sangsue. La conne.

Momo au début, ça le faisait marrer. Faut dire que la Jennifer, elle suçait comme une déesse. Enfin, à ce que braillait Momo. Elle picolait, faisait la fête alors ça allait. Mais du moment qu'elle a été en cloque, une casse bonbon comme pas possible. Et quand la petite est arrivée, encore plus casse pompe : faites pas de bruit, pas de gros mots, pose pas ton verre là. Comme Momo osait plus lui mettre des tartes depuis qu'elle avait accouché, elle n'arrêtait pas de le gonfler. Elle pétait des crises de dingue pour que Momo ne sorte pas. Il sortait toujours mais moins et il avait changé. Et là, Jennifer est tombée malade. La conne. Momo, il n'en revenait pas : « Elle me fait ça à moi, cette morue. Un cancer du foie à vingt-six ans. Elle picole même pas cette pute ».

Il avait essayé de la refourguer à ses vieux, mais le père de Momo avait dit : « T'es gentil, mais on s'est fait chier vingt ans avec ta sœur et toi, c'est pas pour remettre le couvert avec ta malade et ta gamine ». Du coup, il devait garder la petite. Vanessa qu'elle s'appelait.

À deux ans, on peut pas dire qu'elle chiait des caprices la môme, mais fallait tout le temps qu'elle la ramène. Et elle pouvait jamais rester toute seule. En plus, elle pleurait souvent. Pas moyen d'avoir la paix, de regarder un match tranquille. Le docteur avait expliqué pourquoi à Momo, un truc médical, mais Momo avait rien compris. Tout ce qu'il voyait c'est qu'elle chialait beaucoup. Il nous avait dit : « Cette morveuse a mal au bide et ça me fait mal aux oreilles, mais le docteur s'en branle de ça ». Ha ha ha, sacré Momo.

On allait de moins en moins souvent au « Rencard » et si on passait souvent chez Momo, l'ambiance avait foutu le camp. Quand Jennifer revenait de l'hôpital, fallait pas moufter pour pas déranger madame. Ce jour-là, on devait se retrouver chez Momo pour regarder le match. Merde, le Barça contre le Real, ça se manque pas. Et ça se regarde entre potes. Mais avec ses deux morues, l'était coincé le Momo.

On avait finalement atterri au « Rencard ». Presque toute la clique. Comme à la grande époque. Les gonzesses en moins parce qu'il en restait plus beaucoup. Momo nous avait dit qu'il commenterait le match sur Facebook alors de temps en temps, on jetait un œil, quand on y pensait.

« Merde, j'ai raté le coup d'envoi. Vanessa braillait encore. »

Le match envoyait, avec du jeu, plein d'actions. On a un peu oublié Momo surtout au premier but.

« Pas vu le but putain ! Cette gamine me les casse. Il était comment le but ? »

Là, on a répondu :

– Un des plus beaux buts de tous les temps. C'est ça que t'as raté. Embrasse ta morveuse pour nous ha ha ha !

Au deuxième but :

« Mais c'est pas vrai. Vous croyez que je peux lui donner un somnifère ? »

– À deux ans ? Pas plus de quinze alors ha ha ha.

Ensuite Iniesta s'est blessé. Rien de grave, mais y a eu un changement.

« Quoi, quoi il s'est passé quoi ? Il est où Iniesta ? »

– Ben, pendant que tu changeais les couches de la chieuse, ici, y a eu des vrais changements.

« Merde. Cette gamine me fait vraiment chier. Merde. Merde ! »

– Ha ha ha !

Le match a continué, avec le même type de messages. Ensuite, il y a eu le fameux but de Messi. Peut-être le plus magique qu'on ait vu de tous les temps. Une pure merveille. Rien que d'y repenser, j'en ai des frissons. Quel but ! Mais Momo avait raté celui-là aussi.

« J'ai raté un truc là, sûr, j'ai raté quoi ? »

– LE plus beau but de tous les temps.

Il a pas répondu, mais dix minutes plus tard, on a vu ce message sur son mur :

« Je vais buter cette gamine. Je vais la tuer, c'est sûr ».

Bon, nous on était un peu bourrés. Ça nous faisait marrer alors on l'a un peu chauffé.

– Ouais, vas-y Momo, t'es le plus fort.

– Il reste quinze minutes, tu peux encore profiter un peu.

– Même pas cap.

On est retourné au match. On a fini la soirée sans avoir de nouvelles de Momo. Le lendemain, comme tout le monde, on a su : Momo avait noyé la gamine. Il l'avait butée le con. Les flics sont venus nous interroger suite aux messages sur Facebook. Nous, on pensait pas qu'il le ferait. Le con. Y en a même eu pour nous accuser de complicité, les enculés. Moi, je dis que c'est parce que Jennifer lui gueulait dessus. C'est de la faute de la mère. C'est elle qui lui disait « Mais fais-la taire ». Avec sa maladie de merde, elle était devenue invivable. Toujours à gueuler, à se plaindre et jamais là pour s'occuper de la gamine. Jamais. Une feignasse de gueularde. Je suis sûr que c'est à cause d'elle que Momo il a craqué, même si les poulets et le juge ils disent le contraire. Salope.

Polyphonie coloscopique

Tino se rendit chez le médecin car son mal de ventre devenait insupportable. Matin, midi et soir, Tino souffrait du ventre. Une douleur permanente. Il pensait avoir tout essayé : médicament, régime, ablution, jeûne, rien n'y faisait, ses entrailles se tordaient dans tous les sens. Il espérait que son médecin trouverait. Tino était dur au mal, cela faisait déjà trois mois qu'il douillait. Son docteur détonait, mais il savait de sources sures que ses diagnostics tenaient la route.

— Ah ! te voilà toi.

Il tutoyait tous ses patients. Ça les mettait à l'aise, prétendait-il.

— Oh ! tu m'as l'air tout chiffonné toi.

— Oui je...

— Déshabille-toi.

– Mais

– Mais rien du tout, quand je te dis de te déshabiller, il faut te déshabiller et t'allonger.

Alors Tino s'exécuta. Le docteur c'est l'autorité, il connait son métier.

– Le caleçon aussi ?

– Mais oui le caleçon aussi. Tu le descends.

C'était plus gênant, mais un médecin ce n'est pas pareil. Tino fit glisser le caleçon et attendit, allongé.

Le docteur vint se poser au-dessus de lui, avec le sourire. Il avait toujours le sourire ce docteur :

– Ça va mieux ?

– Heu, oui, répondit Tino.

Et c'était vrai qu'il n'avait plus pensé à son mal de ventre.

– Bien, tu peux remonter le slibard.

– Mais, mais pourquoi je l'ai baissé ?

– Parce que mon cher, quand un patient a les couilles à l'air, il est tout de suite plus docile. C'est souvent le premier truc que je demande. Je te l'avais jamais fait toi ?

– Non.

– C'est pour ça. La deuxième fois, ça passe-moi bien ha ha ha.

L'entretien démarrait moyennement, mais Tino savait qu'avec ce médecin, il fallait prendre son mal en patience.

– Allez, raconte-moi tout.

– J'ai mal au ventre.

– Au ventre ou à l'estomac ?

– C'est à dire ?

– T'as envie de chier ou t'as envie de gerber ?

– Ah non, plutôt des diarrhées.

– Tant mieux parce qu'avec les indécis, c'est toujours plus compliqué. Ça fait mal ?

– Ben oui, c'est ça. J'ai un peu beaucoup la courante et c'est très douloureux.

– Depuis combien de temps ?

– Trois mois ?

– Ah ben mon cochon, trois mois que t'as la courante et tu viens que maintenant ? C'est ta femme qui doit être contente.

Il lui posa encore deux trois questions sur les symptômes, ajouta quelques vannes et lui prescrit un médicament.

– Si c'est passager, ça devrait se résorber. Une petite inflammation du colon. Tu reviens si ça persiste. Sinon je ne veux plus te voir et ça fera vingt-trois euros.

Tino se sentit instantanément mieux. Il se rua chez le pharmacien, prit les médicaments et attendit. Il attendit, mais rien ne vint. La douleur restait aussi forte. Il patienta dix jours de plus et convint d'un nouveau rendez-vous.

– Merde, encore toi ?

– Oui.

– Alors ?

– J'ai toujours mal.

– Pareil ?

– Pareil.

Il reprit la tension de Tino, exécuta deux trois palpations.

– Bon, on va faire quelques analyses. Allez, va-t'en. Et reviens quand tu as les résultats. Hep, ici c'est comme au lavoir. Faut payer même si le linge sort sale. Vingt-trois euros.

Trois jours plus tard, Tino redisait bonjour au médecin :

– Tu devrais prendre un abonnement.

– Oui.

– Je fais les dix visites à deux cent trente euros, payable d'avance.

– C'est le même prix que dix visites à vingt-trois euros !

– Eh bah si c'est pareil, aboule les deux cent trente, se marra le docteur.

– Mais non, ça n'a pas de sens, tenta Tino.

– Ah ! ces cartésiens. OK. J'ai une bonne et une mauvaise nouvelle.

– Je vais prendre la mauvaise en premier.

– Mais qu'est-ce que vous avez tous à croire que vous avez le choix dans l'ordre ? À chaque fois que je dis ça, vous me répondez « Je vais choisir... », mais tu choisis rien du tout mon petit bonhomme. C'est moi qui raconte.

Tino trouvait que le médecin abusait un peu, mais son rire était tellement communicatif.

– Voilà, tes analyses sont impeccables.

– Ah ! et la mauvaise nouvelle ?

– Ah non, ça, c'est la mauvaise nouvelle.

– Ah bon ?

– Oui parce que si tes analyses sont bonnes, ça veut dire qu'il y a de grandes chances que ce soit la maladie de Crohn.

Tino qui s'était refusé à aller voir sur internet n'avait jamais entendu parler de la maladie de Crohn pourtant sa première pensée fut :

– Mais alors c'est quoi la bonne nouvelle ?

– Ah bah, y en a pas.

– Ah.

– Parce que si c'est la maladie de Crohn...

Il ne riait plus ce qui paniqua Tino.

– Pour tout de dire, moi je l'appelle la maladie de con. Parce que vraiment, niveau saloperie.

– Mais c'est quoi ?

– Bah, on ne sait pas. On ne sait pas ce que c'est, on ne sait pas d'où ça vient et surtout, on ne sait pas la soigner.

Tino sentit une crampe au niveau du ventre.

– Vous plaisantez ?

– Tu sais bien que je ne plaisante que sur les choses sans importance, pour tout le reste, je pourrais remplacer un croque-mort tellement je suis sérieux.

– Mais alors on fait quoi ?

– Ah ben toi, tu me files vingt-trois euros puisque tu as refusé l'abonnement et moi je prends le patient suivant.

– Non, mais sérieusement.

Le médecin sourit, de son sourire qui annonçait toujours une connerie.

– Tu vas me donner vingt-trois euros quand même, mais en plus, pour le même prix, je t'envoie te faire ramoner le fondement.

La perplexité se lisait sur les traits de Tino. Il se posait deux questions : de quel ramonage parlait-il et ce docteur n'arrêtait donc jamais ses vannes ?

– Je lis en toi comme dans de la chair à saucisse. Tu te demandes de quoi je cause. On va te coloscoper mon garçon.

Une coloscopie ?

– Mais, mais il parait que ça fait horriblement mal.

Le médecin a balayé l'argument :

– Mais tu te crois au moyen âge ? C'est fini le temps où on te carrait une batte de baseball dans le cul, maintenant c'est un tout petit tuyau et avec la tonne de lubrifiant qu'on va te coller, il pourrait te ressortir par les amygdales que tu sentirais que dalle.

– Vous êtes sûr ?

– C'est qui le docteur ? Non et puis tu dormiras de

toute manière.

– Et ça va servir à quoi ?

Le médecin prit un air navré.

– A priori à rien. Cette saloperie de maladie peut se traiter un peu, mais ça reste souvent qu'un mieux en attendant un pire. On va juste vérifier le niveau d'inflammation de ton colon. Et peut-être se rendre compte que ce n'est pas Crohn.

Tino sortit de chez le médecin raisonnablement déprimé. Une maladie insoignable ? À trente-deux ans, Tino ne s'imaginait pas vivre le restant de ses jours avec ce mal de ventre. En arrivant chez lui, il se connecta à internet, chercha des témoignages sur la maladie de Crohn et ce qu'il lut lui mit le ventre en compote. Tout n'y était que souffrance, souffrance permanente qui oscillait entre le « J'ai mal un peu tout le temps » au « Pendez-moi, pendez-moi par le colon qu'on en finisse ». Tous les symptômes ne se ressemblaient pas, mais il ressortait très clairement que :

– La coloscopie est une saloperie.

– La maladie de Crohn est insupportable.

Fort de ces conseils inutiles, Tino se prépara à la coloscopie. Il devait manger des aliments « sans résidus » la semaine avant la coloscopie. Sans résidus ? Qu'est-ce que ça pouvait bien vouloir dire ? Il n'en avait aucune idée, mais découvrit qu'il fallait préférer les biscottes au froment au pain. Un régime qui t'oblige à bouffer des biscottes au froment plutôt que du pain ne pouvait qu'être réservé aux malades. Il avait même trouvé un site qui donnait « des conseils et des astuces d'habitués des coloscopies » ? Dans quel monde vivait-on ?

Tous ces habitués prévenaient que le plus dur restait d'ingurgiter quatre litres d'une préparation particulière la veille ou le matin de l'examen.

Quatre litres ? La belle affaire. Tino pouvait se cogner ses quatre litres de bière sans y penser et si ses souvenirs de beuveries étaient exacts, son record s'établissait à plus de cinq litres et ça ne lui avait pas demandé la journée, juste la soirée.

Tout irait bien.

Mais Tino découvrit que boire cinq litres de bière et se taper quatre litres de polyéthylèneglycol étaient deux choses différentes. Lorsqu'il renifla la préparation, il fut rassuré, cela ne sentait rien.

Lorsqu'il avala la première gorgée, le matin de la coloscopie, il régurgita en braillant :

– Qu'est-ce que c'est que cette merde ?

La composition ne lui apprit rien si ce n'est que cela ressemblait plus à celle d'un liquide de refroidissement de voiture qu'à celle d'un soda. En y réfléchissant, Tino songea que les sodas contenaient à peu près autant de saloperies que les liquides pour voiture, mais c'était un autre débat.

À défaut de composition, Tino pouvait en comprendre la teneur : ce truc était poisseux et salé. La pharmacienne lui avait vendu quatre litres d'eau croupie mélangée à cinq cents grammes de sel dans lequel un petit fumier avait ajouté une dizaine de biscottes au froment.

Tino prit une décision définitive : il mourrait de la maladie de Crohn plutôt que de boire ce machin. Cet état d'esprit permanent lui dura une bonne dizaine de minutes avant qu'une douleur aiguë au ventre ne le convainque de reprendre l'ingestion du liquide.

Il était neuf heures du matin lorsque Tino commença à boire. Il serait trop long d'inscrire ici toutes les insultes, malédictions, jurons qu'il proféra intérieurement au cours de ces quatre litres, mais qu'il vous suffise de savoir que si la pharmacienne meurt brulée vive dans d'atroces souffrances, il faudra vérifier l'emploi du temps du sieur Tino.

Tino, peu curieux de nature, toujours inquiet de découvrir une mauvaise nouvelle sur internet, ne s'était pas posé la question du pourquoi ? Il pensait naïvement que cette solution permettait à la caméra de mieux voir. Que Tino ait pu imaginer qu'une caméra puisse mieux voir dans un colon tartiné de boue et de biscotte de froment que dans un colon vide en dit long sur son état de stress préopératoire.

Toujours est-il que vers onze heures, Tino percuta.

Quand la compréhension se fit, Tino se leva, baissa son pantalon et son caleçon sur ses genoux à peu près à l'instant où il décidait de courir vers les toilettes. Le manque de coordination entre la baisse du pantalon et l'accélération le fit trébucher et dans le stress, se soulager, à six mètres de ses toilettes. À vue de nez, si je puis me permettre la formule, Tino venait de projeter deux litres de boue de biscotte tartinée de merde, à part à peu près égale sur le canapé, le mur et le plafond.

L'humiliation le disputa à la colère. Il allait falloir laver, idéalement avant que Nadine de rentre. Il ne voulait pas devoir expliquer pourquoi l'appartement sentait la biscotte à la merde.

Il avait presque fini de nettoyer lorsque Nadine rentra avec le petit. Le petit, c'était Nathan, le fils de Nadine et Tino.

– Ça va mon chéri ?

– Comme une fleur, j'en suis à trois litres dont deux que j'ai… Je me sens une âme de peintre. Ou d'éboueur, je ne sais plus trop. Bref, tout va bien !

Le ton de Tino, habituellement si calme, indiqua à Nadine que la tension montait. Pour le détendre, elle demanda à Nathan de chanter la chanson pour papa :

– Les jolies colonies de vacances, merci papa, merci maman.

Tino patienta jusqu'à la fin puis, assez sèchement :

– Je ne comprends pas ?

– Bah maman m'a dit que tu avais colo tout à l'heure alors je te souhaite des bonnes vacances. Une bonne colo quoi.

Si Tino avait été élevé dans l'idée qu'un aller-retour à un enfant ne pouvait pas lui faire de mal, qu'on pouvait bien cogner un gamin sans en faire un drame, c'est une série de gauche droite, jab uppercut que le petit Nathan se serait mangé dans les dents. Au lieu de quoi, Tino dit :

– C'est très gentil, mon chéri. C'est une très jolie chanson.

– Merci. Dis, tu me ramèneras des photos de ta colo ?

Tino lança un regard à Nadine qui riait tellement qu'il

crut qu'elle allait se pisser dessus, ce qui aurait rétabli un petit peu la balance de l'injustice.

– Non mon chéri, je ne pense pas que papa va te ramener une photo de sa colo. Enfin, ça dépendra de ton bulletin de notes. S'il est vraiment très mauvais, c'est possible.

Tino le savait, il aurait dû louer une chambre pour la nuit et la journée pré-coloscopie. Mais Nadine lui avait promis compréhension, attention et gentillesse. Au temps pour sa naïveté.

Vers quinze heures, l'anus et le colon lustrés, il se rendit à la coloscopie.

Le personnel se révéla exempt de tout reproche : Tino fut câliné, dorloté, chouchouté, mis en condition pour que cet examen humiliant se déroule le mieux possible. On le mit en position latérale et l'infirmière qui le poussait sur son lit vers la salle d'opération lui indiqua que c'était une opération de routine, que tout se passerait bien.

Tino n'arrivait pas à concevoir qu'on puisse se préparer à se faire fouiller l'anus par un parfait inconnu dans un état d'esprit serein, détendu mais enfin, s'il y avait la moindre chance que cette maladie de Crohn disparaisse.

Il prit la position, l'anesthésiste lui fit une piqure très rapide et avant de penser que cette journée était bien pourrie, Tino dormait.

Lorsqu'il se réveilla, Tino était entouré d'autres patients. Ils étaient cinq, les uns à côté des autres.

Incroyable : ici, on enchainait les coloscopies comme d'autres les mariages.

Tino, visiblement le premier réveillé, mit quelques instants à reprendre pleinement connaissance. Ce fut le bruit qui lui remit pied dans la réalité.

– Mais, mais qu'est-ce que...

Quelqu'un venait de péter. C'était une certitude. Oh ! encore un.

Mais, mais ça n'arrêtait pas. Les cinq patients à côté de Tino, toujours endormis, s'en donnaient à cul joyeux, pour se libérer des gaz.

Tino devait prendre sur lui pour ne pas lâcher caisse sur caisse. Il comprendrait plus tard pourquoi : boire quatre litres de boues ne suffit pas, le médecin envoie de l'air dans le colon pour décrocher les derniers résidus.

C'est un peu comme pour gonfler ses pneus. D'ailleurs, Tino se demanderait longtemps si cela reposait sur le même principe.

Tino trouvait cette situation gênante, humiliante. Il aurait voulu qu'on l'emmène ailleurs, loin de cette, de ce vacarme.

Il fut soulagé lorsque quinze minutes plus tard on le ramena à sa chambre.

Une semaine plus tard, il se rendait chez son généraliste. Que ce fut lui qui lui remit les résultats n'était pas pour le rassurer mais enfin, c'était son médecin. Il s'attendait au pire en termes de vanne, mais après tout, quoi de mieux que l'humour pour détendre l'atmosphère.

– Ah ! te voilà toi.

– Bonjour docteur.

– Comment te sens-tu ?

Le rictus sur le visage du médecin était très net.

– Bien.

– Plus léger ?

Le ton était donné.

– On peut dire ça, répondit Tino sur l'air de celui qui n'a pas compris la vanne.

– Je t'avais prévenu. Dire que j'ai des patients qui se font des lavements par plaisir.

Tino n'arrivait pas à se représenter le niveau de perversité nécessaire pour prendre du plaisir à boire ces quatre litres répugnants.

– Ils boivent ça exprès ?

– Mais non idiot, ils se nettoient par le trou de balle.

– Ah.

Tino qui ne s'était jamais fait de lavement trouvait pourtant cela plus naturel.

– En tous cas, je dois te remercier. Tu m'as bien fait marrer.

– Comment ça ?

– Bah, me dis pas que t'es pas au courant ?

– Au courant de quoi ?

Le docteur se mit à rire sous cape, pianota sur son PC puis retourna l'écran vers Tino. :

Tino, les yeux hors des orbites, mit un temps infini à comprendre ce qu'il avait sous les yeux. C'était la salle d'opération. Enfin la salle d'attente. On voyait très nettement les six patients, dont Tino, très reconnaissable. Et l'on entendait un vacarme. Six personnes, dont Tino qui dormait encore, pétaient à tout vent, dans un maelstrom de flatuosité.

– Mais, mais, mais…

– Mais comment c'est arrivé là ?

– Je soupçonne un des infirmiers.

– Mais qui vous l'a envoyé ?

– Envoi anonyme.

– Comme c'est pratique.

– Oui hein ? Mais du coup, j'ai une bonne et une mauvaise nouvelle. Primo, t'as pas la maladie de Crohn. T'as le colon énervé, mais c'est surement parce que tu as une hygiène aussi discutable que tes vêtements. Tu vas arrêter le piment au poivre et dans quelques semaines, il n'y paraitra plus.

– Et la mauvaise nouvelle ?

– Ah non, c'était ça la mauvaise nouvelle.

– Ah bon, mais la bonne alors ?

– T'es premier ténor des polyphonies coloscopiques.

Et le docteur relança la vidéo en se marrant.

Le grand ménage

Pierre-Henry était un homme méticuleux. Bien avant l'apparition des tableaux Excel, des traitements de texte, il avait pris l'habitude de noter tous les évènements de sa vie et surtout, toutes les personnes qu'il rencontrait. À quarante-neuf ans, Pierre-Henry avait atteint ce qu'il considérait comme la croisée des chemins. Mais cette croisée ne l'emmenait pas vers un dilemme insoluble. La situation était claire, les choix presque arrêtés. Il cherchait plus une confirmation qu'autre chose dans ses centaines de carnets.

Car il possédait des carnets par centaine. Il avait commencé à tout noter vers sept ans, peu de temps après avoir appris à lire. Tous ses camarades d'école, tous ses professeurs, toutes ses maitresses, ses nounous, les copains du centre aéré, ceux de sa rue, ses voisins figuraient dans ses calepins.

Il indiquait toujours le nom de la personne et un qualificatif, parfois deux, rarement plus. Il ajoutait parfois une phrase de contexte pour resituer la rencontre et enfin un mot de conclusion.

Ses carnets étant des modèles de huit centimètres par douze de cent pages chacun. Il en utilisait une dizaine par an. À l'aube de ses cinquante ans, il possédait près de cinq cents petits carnets. Étalés devant lui. Toute sa vie, toute sa vie tenait dans ses petits cahiers. Car Pierre-Henry n'écrivait pas que sur les personnes qu'il rencontrait. Il y avait consigné le moindre évènement auquel il avait pris part.

Ces blocs-notes représentaient cinquante mille pages. Il se demanda combien pèseraient cinquante mille pages dans un ordinateur ? Cela tiendrait-il sur une disquette ? Utilisait-on encore les disquettes d'ailleurs ?

Peu lui importait après tout. Il n'était plus temps pour cela.

Combien de noms, combien d'évènements dans ces carnets ? Pierre-Henry n'avait pas besoin de faire fonctionner sa mémoire, il lui suffisait de consulter le cahier zéro, celui qui faisait office d'index et qui référençait tout. Il contenait cinq cents pages et d'un coup d'œil Paul-Henry trouva le chiffre qu'il cherchait, bien qu'il le connût par cœur :

Mille sept cent quatre-vingt-un.

Pierre Henry avait rencontré mille sept cent quatre-vingt-une personnes dans sa vie. Ce qui s'avérait beaucoup et très peu. Mille sept cent quatre-vingt-une personnes depuis ses sept ans, cela voulait dire quarante-deux par an. Dans son travail d'employé d'assurance, c'était raisonnable. Ses collègues n'avaient pas tellement changé et il travaillait dans la même entreprise depuis vingt-sept ans.

De fait, la plupart des rencontres dataient d'avant ses trente ans. Depuis, le chiffre tombait à douze nouvelles têtes par an, soit une par mois. Mais il achetait les mêmes produits aux mêmes endroits, ne sortait pas, évitait tous les lieux où l'on peut socialiser.

Ses projections lui permettaient d'affirmer qu'à ce rythme, Pierre-Henry aurait rencontré douze fois dix humains de plus d'ici ses soixante ans.

Mais Pierre-Henry se moquait de ce qui se passerait après ses soixante ans. Après ses cinquante ans aussi d'ailleurs.

Il poursuivait un grand œuvre.

Ses notes représentaient son fil d'Ariane, qu'il comptait remonter pour disparaitre totalement.

Dans mille sept cent quatre-vingt-une personnes, il n'y aurait plus aucun témoin de son existence.

Il devait simplement décider de la meilleure manière de procéder pour arriver à ses fins.

Bien sûr, les statistiques, la raison et le bon sens penchaient contre son projet. Aucun serial killer, même le plus pervers ou le plus organisé n'avait réussi à éliminer plus de cent personnes. Et, il fallait le reconnaitre, leurs agissements avaient fait plus pour leur notoriété qu'autre chose. Certains étaient restés à couvert, mais très peu.

Heureusement, Pierre-Henry ne se voyait pas comme un serial killer. Il ne ressentait aucune haine contre qui que ce soit. Il n'avait pas particulièrement envie de tuer qui que ce soit d'ailleurs. Simplement, il voulait disparaitre sans laisser aucune trace, aucun témoignage de son existence. Et il estimait avoir droit à cet anonymat total. Il mourrait dans l'oubli, dans un pays étranger, sous un faux nom, enterré dans une fosse commune, sans plaque.

Le projet était noté dans le petit carnet rouge. Il contenait tout le modus operandi de l'opération et s'ouvrait sur des mots griffonnés par une main enfantine :

« Commencer par Armando Pereira ».

Pierre-Henry ne pouvait songer à Armando Pereira sans ressentir une immense nostalgie. Qu'est-ce qu'il avait pu aimer Armando Pereira ! Son premier camarade de classe. Le seul de l'école à porter un nom à consonance étrangère. Pierre-Henry s'était tout de suite senti attiré par ce petit garçon souriant, qui accueillait tout et tout le monde avec la même bonhommie. Pourquoi était-il le premier sur la liste ? Pierre-Henry, qui avait conçu son grand projet dès l'âge de sept ans avait longtemps hésité. Devrait-il commencer ou terminer par Armando ? Il avait tranché par pragmatisme. S'il n'était pas le premier alors qui ? L'inconnu du jour, l'ultime personne croisée dans la rue ? Il n'en finirait pas d'avoir un premier. Tandis qu'en choisissant Armando, il définissait un début clair et il opérait une sorte de retour aux sources de bon aloi.

La deuxième était Sophie Ducret, qu'il ne pourrait s'empêcher de faire disparaitre avec tristesse. Elle avait été la première femme qu'il avait aimée, passionnément pour autant qu'un enfant puisse aimer avec passion. Pour tout dire, Sophie Ducret avait été la seule femme que Pierre-Henry ait jamais aimée. Hormis sa mère et une de ses grands-mères.

Il était impensable pour Pierre-Henry de partir en laissant derrière lui Armando et Sophie qui auraient tellement de souvenirs de lui, qui pourraient parcourir le monde et répandre tant de réminiscences de son existence. Le troisième nom, pas moins important était celui de Philippe Courtois, un de ses cousins. Cousins avec qui il avait partagé tant d'aventures, tant de rires, de goûters, qu'il rejoignait naturellement Armando et Sophie dans la tierce à faire disparaitre avant tout le reste.

Depuis quarante-deux ans que Pierre-Henry murissait sa sortie, il avait souvent songé à passer à l'acte et avait toujours remis au lendemain, car il n'imaginait pas faire du mal à sa mère. Même si, dans son esprit, il ne cherchait pas à faire souffrir ceux qu'ils voulaient éradiquer, il avait bien conscience qu'éliminer sa mère ne serait pas un beau cadeau. Sa mort, une semaine plus tôt, l'avait autant libéré qu'affligé.

Il pouvait lancer son grand oeuvre : après Armando, Sophie et Philippe, il s'attèlerait tranquillement aux mille sept cent soixante-dix-huit autres personnes, plus ou moins une ou deux croisées dans l'application de sa besogne.

Il se sentait détendu, serein, confiant. Lui aurait-on fait remarquer l'inanité de son plan qu'il eut souri et rétorqué : « Vous trouvez que le monde est sain vous ? Je suis ma route, rien de plus, rien de moins. Ne me jugez pas ».

Après une nuit de repos, il se leva à sept heures comme tous les matins. Il urina, prépara ses trente centilitres de café et se doucha pendant six minutes trente. Lorsqu'il sortit de sa douche, il se brossa les dents, passa un caleçon, un pantalon de flanelle, une chemise en coton et une veste un peu trop longue pour lui. Le café chaud l'attendait. Il le savoura pendant cinq minutes. Et à sept heures trente, comme tous les jours il était prêt pour aller travailler. Sauf qu'aujourd'hui, il n'irait pas travailler. Pour ne pas attirer l'attention, il avait posé une RTT, comme il le faisait de manière régulière depuis des années. En prévision de ce jour.

Devant la maison d'Armando Pereira, il ressentit une bouffée de chaleur, une tendresse pour lui-même. Il allait retrouver son meilleur ami. Pour la première fois depuis quarante ans. Car le petit Armando n'avait passé qu'une année dans l'école de Pierre-Henry qui ne l'avait jamais revu.

Positionné devant sa maison, Pierre-Henry resta en observation quelques instants, assista au départ de sa famille : sa femme et ses deux filles. Armando, au chômage depuis quelques semaines, allait chercher du travail depuis son domicile.

Pierre-Henry se dirigea vers la porte, sonna et, transi d'inquiétude, d'excitation, il attendit. Une minute plus tard, son ami ouvrait :

— Alors, vous avez oublié quelque chose les enfants... ah pardon, bonjour.

Pierre-Henry le fixait en souriant. Il souriait de tout son être. Enfin, il revoyait son ami.

— Bonjour, dit-il. Comment vas-tu ?

Le visage avenant d'Armando s'assombrit un peu.

— Pardon, on se connait ?

Pierre-Henry nullement décontenancé :

– Ha ha ha, sacré Armando, toujours le mot pour rire.

La mention de son prénom augmenta son inquiétude :

– Qui êtes-vous, monsieur ?

Le sourire de Pierre-Henry persista, indestructible :

– Quoi de neuf depuis le temps ?

Armando avait maintenant reculé et tentait, discrètement, de refermer la porte.

Pierre-Henry qui avançait au même rythme dit :

– Allons, nous pouvons bien nous rappeler le bon vieux temps avant de passer aux choses sérieuses ?

Les mots « choses sérieuses » paniquèrent Armando qui essaya de claquer la porte mais Pierre-Henry s'était lancé en avant, bousculant son ami au passage. En reculant, il trébucha, tomba et Pierre-Henry, déjà sur lui, prenait sa tête à deux mains et la frappait contre le carrelage de l'entrée :

– On aurait quand même pu se souvenir du bon vieux temps avant de tout oublier ! On aurait pu non !!!

Lorsque la tête d'Armando ne fut plus que bouillie, Pierre-Henry cessa de l'écraser contre le sol. Toujours à califourchon sur le corps :

– C'est dommage. Mais enfin, c'est fait et je reste content que nous nous soyons retrouvés.

Pierre-Henry attrapa son carnet dans la poche intérieure de sa veste de costume, prit un crayon et raya le premier nom.

Empreint de nostalgie, il murmura « Plus que mille sept cent quatre-vingts ».

L'esprit de Noël

J'ai autant envie d'aller bosser que de me coincer une couille dans la fermeture éclair. Cette pensée m'obsède tellement que je ne songe à rien d'autre tandis que je mets mon jean. La seconde d'après, je m'observe, en larmes, devant mon miroir, une couille dépassant grotesquement. Je devrais hurler à la mort, me plier en deux; le ridicule de la situation anesthésie la douleur. Momentanément.

Je sors de chez moi, la tête lourde, le testicule fragile, le moral en berne.

Je marche pour atteindre le métro et je m'interroge : pourquoi, pourquoi en suis-je là ? Qu'ai-je pu rater ?

Travailler un 24 décembre ne me pose aucun souci, c'est bosser tous les autres jours qui représente le fond du problème.

Je salue le père Noël déguisé en clodo qui cuve sa vinasse dans ma rue. Il me montre un majeur bien tendu. Je m'arrête. Je l'observe.

– Curieuse façon de témoigner votre esprit de Noël.

– Viens t'assoir sur mon doigt, tu le sentiras mieux l'esprit de Noël, enculé.

Faudrait écrire un livre sur la disparité de réactions que peut engendrer une telle remarque. Notamment sur la même personne, selon son humeur, sa condition, etc. C'est à cela que je pense tandis que ma chaussure cueille la joue du pochtron enguirlandé. J'aperçois une dent quitter sa bouche.

– T'as raison, l'esprit de Noël, c'est un esprit de partage, on peut pas le garder pour soi.

Et ce disant, je lui assène un coup de pompe sur le tarin, tarin qui libère une rivière d'un sang bien assorti au costume du clodo.

– Voilà, t'as plus qu'à chercher le vrai père Noël et lui demander un nouveau pif. Fumier.

Je le laisse là, non sans lui recoller un marron dans les côtes.

– Ça, c'est parce que t'as été particulièrement gentil cette année.

La rue est déserte ou presque, et les quelques passants imitent très bien les aveugles, tournant la tête dans une direction neutre, quitte à se faire un torticolis pour ne pas avoir à aider ce clochard. J'ai bien envie de leur péter la gueule aussi.

Non, mais regardez-moi ce type à chapeau qui préfère se prendre un poteau plutôt que de porter secours à ce clodo. Quelle espèce d'ordure !

– Bravo ! Belle mentalité. Le 24 décembre, vous laissez le père Noël se faire tabasser, vous faites semblant de ne rien voir ! Vous me dégoutez.

J'entends le clodo marmonner dans mon dos :

– Les gens sont des merdes, je le dis toujours.

Le chapeauté se la joue Fregoli, empruntant le costume du sourd avec autant de facilité que celui de l'aveugle. Je me décale pour le bloquer. Il tente l'esquive, mais je l'attrape au col.

- Tu laisserais un mec crever sous tes yeux. Une femme se faire violer sans ralentir ? Ordure ! Qu'est-ce que tu as à répondre ?

– Salop, bougonne le clodo.

– Mais lâchez-moi, je n'ai rien fait.

– C'est bien ce qu'on te reproche ! aboyons-nous.

Il est assez difficile de parler intelligiblement en donnant un coup de boule, mais c'est possible. Le type perd son chapeau qui va rouler vers le père Noël, se touche le visage, plus, je crois, de stupeur que de douleur, mais le coup de pied que je lui balance dans les parties convoque la souffrance sans délai.

Le clochard, dont le sang a barbouillé la tronche, rouge de haut en bas, rampe vers le type qui se tient les couilles à genoux. Le clodo le tire pour le faire tomber.

– Fumier, tu m'aurais pas aidé, hein.

Il me prend à témoin, ce que je trouve cocasse :

– T'as vu un peu ? C'est à cause d'enculés comme ça que le monde est dégueulasse. Tu sais ce que disait Einstein ?

– Que tout est relatif ?

Il me toise de son bout de trottoir :

– Ne sois pas trivial. Non, que pour que le mal gagne, il suffit que les gentils ne fassent rien. Fumier de gentil, va.

Et il lui écrase la tête contre le bitume.

De rage, je colle un dernier coup de latte dans le type au chapeau et je continue ma route. Je marche quelques instants, me calme petit à petit, et tandis que l'adrénaline refoule, le désespoir revient. Je descends dans les entrailles du métro. Le terme d'entrailles s'adapte parfaitement au métro parisien qui pue la pisse et la merde à longueur d'année.

Je longe le couloir, observe les pauvres hères vautrés sur les sièges, suis pris de pitié pour eux, mais comme je n'y peux rien ou peut-être que si mais je ne sais plus trop, j'ai envie de les voir disparaitre. Je pourrais en pousser un sous une rame pour que leur misère ne me rappelle plus à quel point j'en suis responsable. Mais ce serait se comporter comme l'enculé au chapeau alors j'abandonne et me prépare à trente minutes sinon de bonheur, de paix. Trente minutes de lecture.

Je pénètre dans le wagon presque vide à cette époque, me pose, au calme, et commence à lire. Mon cœur, mon corps, mon âme se détendent. Quelle que soit ma vie de merde, mon absence de perspective, j'ai au moins ces trente minutes pour moi.

À l'arrêt suivant, j'entends :

– Bonjour messieurs, dames.

Je lève la tête, une femme avec son caddie de Satan, car

il ne peut venir que de l'enfer cet ampli qui ne produit que des sons corrompus, hideux. Elle porte le micro à ses lèvres et s'apprête à déverser de l'acide sur ces notes pestilentielles et entame « Love me » de Polnareff. Mes yeux vont exploser avant mes oreilles, je n'en reviens pas, jusque dans mon wagon, un 24 décembre, tu vas me chier ton love dans la gueule. Ça ne sera pas. Elle minaude, la Mylène Farmer du lumpenprolétariat, elle s'investit, je serais presque touché par son enthousiasme si cette chanson de merde ne me vrillait pas les tympans. Je déteste Polnareff, j'exècre ce McCartney de supermarché. Tout le monde devrait abhorrer Polnareff. Puisque visiblement l'humanité ne peut pas se retrouver autour d'un but commun positif, on devrait pouvoir communier dans une haine partagée, la haine du sirop de pisse auditif que Polnareff nous impose depuis des décennies.

Elle termine sa chanson dans l'indifférence générale, ce qui me met un peu de baume au cœur. Mais elle reprend :

– Ayons une pensée pour Michel Polnareff qui souffre actuellement à l'hôpital. Et souhaitons-lui un joyeux rétablissement.

Quelle conne, non mais quelle conne. Cette ordure qui nous a volé des millions d'euros, des euros qui auraient pu l'aider à retrouver du travail, à améliorer un peu son sort, cette conne tresse des lauriers au fumier. Elle ajoute :

– J'aimerais être à sa place si c'était possible.

Je me lève. Ah, mais si y-a que ça pour te faire plaisir...

Elle m'observe tandis qu'elle entame une autre chanson de Polnareff, qui sonne à mes oreilles comme une marche funèbre.

Esprit de Noël oblige, je préviens avant les hostilités :

– Madame, il faut arrêter de nous imposer ce type. C'est méchant. Mais si voulez prendre sa place à l'hôpital, procédez.

Elle ne comprend pas, forcément, et continue à chanter.

Je quitte la rame, satisfait. La conne git dans son sang. Avec les quinze sauts sur sa cage thoracique, ce sera bien le diable si elle calanche pas d'une embolie pulmonaire comme son idole.

Je finirais à pied. Pas pressé d'arriver. Sur le chemin, je croise un mec qui fait la manche. Un de plus. Il a un gros pied, tout pourri. Énorme, difforme, inutilisable. Je vois mal comment il pourrait courir. Je lui pique sa soucoupe où traine une vingtaine d'euros et je pars, juste en marchant vite. Il se lève, trotte, boite derrière moi. J'accélère le pas. Je me retourne, le regarde en souriant :

– T'es en train de te faire semer par un mec qui fait de la marche rapide. Je cours même pas, hein !

Il gueule, m'insulte, braille, mais je le laisse derrière moi. Quel con ! Esprit de Noël de merde. Enfin, j'arrive au bureau. Je fixe le hall. J'observe les portes d'entrée qui chaque matin signifient ma sortie du monde des vivants.

Je dis bonjour au vigile qu'on nous impose depuis peu. Et pris d'une inspiration, je m'arrête :

– Au niveau boulot de merde, ça se passe comment dans votre cas ? Je veux dire, vous n'hésitez jamais entre faire clodo ou votre boulot ? Votre boulot, clodo, clodo, votre boulot ? Non, vous avez raison, clodo, faut surement des capacités que vous n'avez pas. Restez à ce niveau-là. Bonne journée et joyeux Noël.

Et je m'engouffre dans l'ascenseur.

Je passe une journée de merde, de ces journées qui font vouloir mourir et lorsque je sors, c'est un autre vigile. J'hésite à me le payer aussi. Mais c'est Noël après tout.

Je sors et je tombe sur le vigile de ce matin. Il sourit, un sourire qui rappelle étrangement celui du joker. Il lève le bras et je pense qu'il a un flingue dans la main. Mais non, il brandit un téléphone. Sur lequel il a enregistré mon petit monologue du matin.

– Votre patron et les réseaux sociaux seront enchantés. Dans une boite qui se la raconte éthique, ça fera très bon esprit. Très bon esprit de Noël, se marre-t-il.

Je vais t'en montrer de l'esprit de Noël moi.

L'enterrement

Alex n'avait rien à faire à cet enterrement. Il n'avait, d'une manière générale, rien à faire dans les endroits publics. Au-delà de deux personnes, il se mettait en retrait. Ainsi fit-il aux funérailles d'Albert. Dans une salle minuscule, bondée, il trouva le moyen de se planquer dans un coin. S'il l'avait pu, il se serait caché derrière une plante, mais pour rester inaperçu, il devait se montrer d'une discrétion modérée, pas tapageuse. On n'assiste pas à des obsèques pour se rendre intéressant, pensait-il, ni par sa présence ni par son absence.

Pourquoi alors ?

S'il en jugeait par les réflexions autour de lui, on venait pour mentir sur les morts et médire des vivants.

Les commentaires lui soulevaient le cœur. La médiocrité le disputait à la méchanceté. La petitesse se grandissait pour lutter avec l'aigreur et la médisance.

À chaque nouvelle pique acerbe, acide qu'il entendait,

Alex reculait d'un pas.

Mais, de même que la foule aime la densité pour célébrer la joie, la meute a besoin de la promiscuité pour jouir pleinement de son indigence. Dos au mur, acculé, Alex en fut réduit à écouter.

– Tiens là, ce sont les Barbodeau. Tu sais qu'ils lui ont volé de l'argent.

Le « Lui » faisait référence au mort. Pendant deux heures, dans ce funérarium, « Lui » n'avait qu'un seul sens, qu'une seule fonction : désigner Albert sans le nommer.

– Ah bon ?

– Oui. Et ils viennent quand même les ordures.

Alex ne savait pas trop quoi penser. Indépendamment du fait qu'on nage toujours dans le brouillard dans les affaires d'argent des autres, ça ne lui paraissait pas une cause d'excommunication. Ils avaient été amis trente-cinq ans avant la brouille. Revenir, ce jour-là, avec le tampon « Enculés qui lui a volé du pognon », n'était-ce pas une preuve tangible qu'ils se présentaient pour pleurer l'ami et pas pour se montrer. Ils avaient dû prendre sur eux, passer outre l'humiliation d'être les « Enculés ».

Alex tenta une sortie sur le sujet, se ravisa et recula d'un pas.

– Ah, salut Max ! Tu vas bien ?

Alex regarda l'homme qui se tenait devant lui. Le quinquagénaire le prenait visiblement pour son frère. Cela arrivait tout le temps. Et toujours dans le même sens. Il semblait pourtant à Alex que si tout le monde le confondait avec Max, il aurait été logique que l'on demandât à Max s'il n'était pas Alex. Mais la vie n'aime pas la symétrie, et la méprise restait à sens unique. Que Max et Alex ne se soient pas parlé depuis dix ans ne changeait rien à l'affaire.

Ce jour-là, Max n'était pas venu. Pourtant tous les gens penseraient « Tiens, il y avait Max à l'enterrement d'Albert ».

Alors que Max brillait par son absence, Alex s'effaçait par sa présence. Il convint que ce n'était pas le moment, pas le lieu pour mettre cet énervement dérisoire sur la table. Mais il mentait très mal et masquait encore plus mal ses émotions. Il avait lu quelque part que l'hypocrisie, ce n'était pas de dire tout ce que l'on pensait mais de penser tout ce que l'on disait. Cette définition lui plaisait bien. Alors que répondre à cet homme qui lui demandait s'il allait bien, un jour d'enterrement, le confondant avec son frère ? Sourire et laisser le doute subsister.

— Ça ne va pas non, mais merci de demander François.

Car Alex se souvenait très bien de ce François qui se méprenait sur son identité.

— Et ton restaurant ? relança le cuistre.

Gagné. Max tenait un restaurant, quand Alex était enseignant et écrivain. Alex sourit quand même. Et tenta :

— Non, mais moi, je suis l'autre.

Car c'était vrai, pour tout le monde il était l'autre. Celui qui n'était pas Max. Le doute s'empara du gêneur.

— Ah, et tu fais quoi alors ?

– Ben là, je me fais chier à faire semblant d'écouter un type qui fait semblant de s'intéresser à moi après m'avoir confondu avec mon connard de frère.

Alex le pensa très fort, mais il sourit :

– Je suis enseignant sur Paris.

– Ah ! t'as tous les malheurs du monde.

– Oui et j'en ai un de plus, puisque tu as décidé de rester en face de moi.

Mais il se contenta de :

– J'ai choisi, je ne regrette pas.

François fit semblant d'apercevoir quelqu'un et le quitta. Alex respira et recula d'un pas. Trois personnes lui demandèrent des nouvelles de son restaurant. Au quatrième, il indiqua qu'il venait de fermer pour problème d'hygiène. Il se reprocha cette sortie médiocre qui le rabaissait.

La cérémonie commença. Et il remarqua que si certains convives le prenaient pour son frère, les autres paraissaient s'interroger sur sa présence.

Albert, soixante-douze ans, avait été comme un père de substitution pour Alex. Pendant des années, il lui avait ouvert l'esprit. Il adorait discuter avec les enfants. Sans les abreuver du babillage abruti qu'emploient la plupart des parents. Non, d'égal à égal. Il fut peut-être le premier adulte à parler à Alex comme à un égal. Et pendant les trente ans qui suivirent, Alex se sentit très proche d'Albert. Il représentait son oasis, une personne-port. Une de ces rares personnes que vous avez besoin de voir pour conserver votre équilibre. Pour les quitter ensuite, pour voguer vers une autre étape, mais comme un port, vous y revenez toujours. Alex était parti de sa ville, avait voyagé, vécu sa vie, mais toujours, régulièrement, il accostait chez Albert. Et Albert vivait sa vie mais ne bougeait pas comme un bon port qu'il était et l'accueillait d'un chaleureux :

– Ah mon doudou, raconte-moi ce que tu deviens.

Et Alex racontait, se libérait d'un fardeau parfois, sans qu'aucune discussion ne s'avérât pesante. Et autour d'un verre, de plusieurs verres, ils refaisaient le monde. Et comme on recharge un bateau, lorsqu'Alex avait vidé sa vie, il pouvait, léger, repartir. Tandis qu'Albert, inamovible, lui lançait en guise d'adieu :

– Reviens me voir mon doudou.

Et toujours Alex revenait.

Mais si Albert connaissait ses enfants qui l'avaient vu grandir, sa femme bien sûr et certains de ses amis, le fait est que pour la plupart des convives, il n'était rien.

Et dans cette salle de funérarium, il se pensa intrus. Il craint, stupidement, qu'on ne voie en lui un touriste. Alors que sa peine, infinie, lui servait de quitus. La mort d'Albert lui avait déchiré le cœur. Il savait qu'il ne serait plus jamais le même. Et on le considérait comme un intrus. Il s'en voulait d'éprouver des sentiments aussi médiocres. Ce n'était pas un concours de tristesse, c'était une communion. Mais Alex n'était pas très doué pour les communions. Il prit sa place au fond.

Les témoignages se succédèrent : touchants, maladroits ou bouleversants. Et puis une femme, de son âge, qu'Alex ne connaissait pas prit la parole.

Elle raconta son Albert. Cet Albert port vers qui l'on revenait. Cet Albert qui l'avait vue grandir.

Et Alex sourit, comme il avait rarement souri. Il fut emporté par une vague d'amour, pour cette sœur en Albert qui décrivait le même homme-port. Et puis une autre femme de son âge et un autre homme vinrent pour rendre hommage au même phare. Et Alex sut qu'il avait bien fait de venir. Pour découvrir ses frères et sœurs d'Albert, qu'il ne reverrait jamais, mais qui lui confirmaient « Ton expérience n'est pas unique ». Et au lieu de la diminuer, ils l'amplifiaient puisqu'ils grandissaient encore l'homme qui la leur avait dispensée.

Albert demeurait l'homme qu'il avait connu : généreux, colérique, patient, curieux, énervé, impétueux et tendre, si tendre avec les enfants.

Lorsqu'ils sortirent, un autre type vint s'enquérir de son restaurant. Alors souriant de toute son âme :

– Je m'appelle Alex.

Bonne année

Bonne année, bande d'enculés. Regarde-les. Tiens, voilà le beau-frère. Déjà, avant, mater sa gueule me soulevait le cœur, mais maintenant. Il veut me claquer une bise en plus le con. Vas-y, approche-toi.

Wow, c'est pas joli, joli. Pire que les autres années. J'attendais rien de lui, mais il continue à baisser.

Oui Jeannine, j'arrive Mamie Jeannine. Pour un bon gros bécot bien baveux. Ah, même toi. Pourtant à quatre-vingt-cinq ans, tu aurais pu te reposer, arrêter ces saletés. Mais non, c'est plus fort que toi.

Oh ! merde, pas mon frère. J'ai pas le choix de toute manière, tous les Premiers de l'an, c'est la même salade. Je pourrais aller voir ailleurs, mais ailleurs je sais que c'est pareil. Avec d'autres gens, mais pareil. D'autres enculés. Toujours. Au début, ça me changeait de mes enculés à moi, mais maintenant, je connais la chanson.

Mon frère me passe la main sur la nuque. Contact physique. Flash. Envie de vomir.

Tous les ans depuis sept ans, le jour de l'an, et uniquement le jour de l'an, lorsque je rentre en contact physique avec une personne, j'ai des flashs. Je vous entends penser : « OK, le mec est bourré au Premier de l'an et il voudrait en faire un roman ».

Mais je ne parle pas d'hallucination, d'éclair de pochtron, ou de perte de connaissance et encore moins de vision de calotin.

Non, je vois avec une acuité, une précision remarquable, ce que fera dans l'année la personne qui me touche. Comme dans un rêve : quand vous construisez une deuxième tour Eiffel avant de vous lancer dans un tour du monde à cloche-pied, et qu'il ne s'est écoulé que deux minutes. Là, en une fraction de seconde, je visualise ce que j'imagine être les quatre ou cinq actions marquantes de la personne. Dans l'année.

La première année, ça s'est déclenché avec un de mes meilleurs amis. On est bourré, on est heureux, on est une dizaine à picoler et à minuit, je l'embrasse. La vision, la première, m'a tétanisé. J'ai ressenti un choc physique, mais surtout, j'ai visualisé mon ami en train de tabasser sa copine. Violemment. C'était un flash, mais un flash d'une cinquantaine de claques et de coups de poing.

Le choc, la vision, et son contenu m'ont mis KO. J'ai vomi mes tripes sans comprendre. Non, je raconte des conneries, j'ai instantanément saisi que ce que je voyais allait se passer. Comment, pourquoi ? Jamais été foutu de le savoir et sept ans plus tard, je reste dans le même brouillard, un peu moins épais dû à la confirmation que ce que je vois arrive bien.

Trois mois après ce premier flash, mon pote a débarqué

chez moi, paniqué, nerveux.

– Ça va ? T'as l'air secoué.

– C'est Emma !

Emma était son amie de l'époque. Celle qu'il tabassait dans ma vision.

– Qu'est-ce qu'elle a Emma ?

– Elle est devenue folle. Elle me fait flipper.

– Folle ? Emma ?

– Ouais. Un truc de malade.

Ma vision représentait plusieurs minutes pendant lesquelles le malade m'avait tout l'air d'être Nicolas, qui s'acharnait sur Emma.

– Mais tu l'as frappée ?

Il m'a dévisagé, surpris de la question.

–Quoi ? Comment tu, je, oui, il a fallu. Elle était barge je te dis. Elle menaçait de me tuer.

– Tu l'as frappée qu'une fois alors, pour te défendre, pour qu'elle ne te tue pas.

Nicolas perdait pied. J'étais son ami. Il venait chercher le réconfort et je ne pouvais pas le lui offrir. Lorsque votre meilleur ami vit une situation pareille, même si vous désapprouvez, il reste le doute : on peut s'inventer des mensonges, des excuses, pour soi, son pote. Nous sommes tous passés maîtres dans l'art de détricoter nos lâchetés pour les recycler en grands manteaux de sacrifices. Mais là, je savais, en tous cas j'avais vu.

Et devant moi, se trouvait non pas mon pote en quête de soutien, mais un fumier qui venait de tabasser sa copine. Je n'étais pas à l'aise avec l'idée d'avoir pu le couvrir dans d'autres circonstances. Je n'étais pas fier non plus de devoir lui faire prendre ses responsabilités.

– Nicolas, assieds-toi et raconte-moi ce que tu as fait. Sans me mentir.

J'ai perdu mon meilleur ami ce jour-là. Il ne m'a pas pardonné de ne pas l'avoir cru. Son histoire d'hystérie aurait tenu face à d'autres, face à des juges aussi. D'ailleurs, elle a tenu. Suffisamment pour qu'il soit condamné à une peine d'intérêt général et pas à de la prison. Vu l'état d'Emma, c'est pourtant tout ce qu'il méritait.

J'avais hésité à expliquer à Nicolas pourquoi je ne le croyais pas, pourquoi le doute m'était impossible, mais comment aurait-il pu comprendre ? Venant de moi en plus, le sceptique, le cartésien.

J'ai passé le reste de l'année à embrasser, toucher, serrer la main de centaines de personnes sans que rien ne se produise.

31 décembre 2010. Je ne m'attends à rien de particulier. J'ai eu une vision dans ma vie. La belle affaire. Ce 31, j'en suis à douter de mes souvenirs, à me demander si je n'ai pas trahi Nicolas. Minuit sonne. Tout le monde se caque la bise, à commencer par Céline et moi. Trois flashs, trois portions de vie. Céline qui crève les pneus d'une voiture, Céline qui vole un pull à une copine et Céline qui change de rame de métro alors qu'une des personnes dans le wagon est prise à parti par un sale type à l'air menaçant.

Je me fige. Bordel. C'est le 31. « Bonne année, bonne santé » ! Pas « Bon tabassage de copine et bonne lâcheté ordinaire ». Céline interprète mal mon regard, elle imagine un coup de foudre. Essaye de m'embrasser sur la bouche. Je recule avec une vitesse sidérante pour un mec aussi bourré que moi. Je scrute les autres. Je dois toucher quelqu'un pour vérifier.

Mais qui ? Allez, va pour Guillaume. « Bonne année Guillaume ». Flash, le repas me remonte. Je vois Guillaume insulter un clodo, je vois Guillaume cacher la télécommande de sa grand-mère dans le but, j'en suis persuadé, la scène est limpide, de la rendre folle.

Je me colle au mur, regarde tous mes amis avec effroi. Je ne comprends toujours rien à ce qui m'arrive, mais la redite est parlante. Et je connecte avec la date. Le 31 décembre, ou plutôt le 1er janvier, j'ai des visions.

Je suis partagé entre la crainte que mes visions s'avèrent aussi réelles que l'année dernière et la joie d'avoir un don.

La joie ne durera pas longtemps. Une semaine plus tard, une jeune femme se fait violer dans le métro. Les journaux en parlent à longueur de journée et le lendemain du scandale, je dîne avec Céline et un pote. La conversation arrive sur le sujet et Céline en fait des caisses. « Elle n'aurait jamais abandonné la femme. Les gens sont des lâches, époque de merde ».

Je la regarde, comme si je la découvrais. Mon silence l'oppresse, mon attitude l'angoisse. Je ne dis toujours rien. Elle se sent mise en cause. Mais je suis décidé à me taire. Je pense que oui, Céline, les gens sont des lâches et nous sommes des gens. Particulièrement toi, particulièrement hier soir.

J'ai revu Céline quelques fois, mais un lien était rompu.

Elle a dû s'imaginer que je l'avais vue, ou que sais-je encore ? Ma présence la mettait mal à l'aise.

Quant à Guillaume, le soir de l'enterrement de sa grand-mère, nous nous sommes retrouvés avec d'autres amis et sa peine surjouée trompait tout le monde sauf moi.

31 décembre 2011. Mes relations avec mes proches se sont compliquées. J'ai décidé de changer pour cette année, et suis allé réveillonner avec les amis d'une amie. Pas la même bande que d'habitude. J'appréhende minuit, mais me rassure en pensant que je ne connais pas tous ces gens. Ce que je pourrais éventuellement découvrir sur eux ne m'affectera pas. C'est le plan.

Mais je suis avec mon amie Hélène et à minuit, elle m'embrasse.

Bonne année, bonne année bande d'enculés. Parce que mes visions ne me révèlent que le pire des gens. Je sais bien qu'ils font, comme moi, une part de bien pour une part de mal. Selon les personnes, les années, les circonstances, la part de bien grandit au détriment de celle de mal ou l'inverse. Mais je ne vois que le mal chez eux. Et chaque année me pèse un peu plus.

Les premières années, le lendemain, j'étais tellement cuit que je ne voyais personne ou presque. Mais aujourd'hui, le lendemain, c'est déjeuner de famille. L'année dernière a été un cauchemar. J'ai embrassé un à un tous les membres de ma famille, hormis mon père et ma mère. Je me suis cru à un rassemblement d'une tribu recomposée empruntant un oncle à Hitler, une grand-mère aux Borgia, un cousin à Staline et un neveu à Mao.

Bonne année, bande d'enculés.

Je ne sais pas pourquoi je ne vois que le pire. Et je ne sais pas qui pourrait m'éclairer. En sept ans, jamais je n'ai rien observé de positif. Rien. Uniquement le mal. Une certaine forme de mal. Que je ne m'explique pas toujours d'ailleurs. Cela semble correspondre à ma conception du mal. Je n'ai jamais découvert personne prendre de la drogue ou se friter contre les flics.

Joël par exemple. Dans ma vision, il trahissait son père, volait sa mère. Pourtant quelques mois plus tard, alors que nous marchons, il entame une discussion avec un militant du FN et lui tabasse copieusement la gueule. Le type ne ressemblait plus à rien. Joël lui a pété le nez, un tibia et déboîté l'épaule. La justice s'est montrée moins clémente que mes visions. Je ne savais pas avec certitude si mes flashs étaient calés sur ma morale, ou si je ne pouvais tout simplement pas tout absorber d'un coup.

Une année, j'ai voulu me prouver que j'avais tort. Que d'une manière ou d'un autre ce que je vivais était inventé ! Ou que tout le monde n'était pas si mauvais. Je suis allé sur les Champs Élysées et j'ai entrepris d'embrasser des personnes au hasard. Au vingtième, entre viols, vols, mensonges, tabassages, mépris et délations, je suis rentré chez moi bien décidé à ne plus en sortir.

Mais il faut vivre. Alors que mon cercle d'amis s'étiolait, j'ai passé l'année à chercher des gens à même de ne rien me montrer de noir.

J'avais spontanément abandonné les religieux, que j'imaginais baigner dans un marais putride d'intégrisme, de haine de l'autre et de manipulations.

J'ai éclusé les clubs, les associations, les groupes de gens susceptibles de me présenter une facette plus claire de l'humanité. J'ai vécu un Premier de l'an à courir de l'association des amis de l'humanité (vols, maltraitance, délation) à celle pour la «générosité de tous» (prévarication, détournement de mineur).

Cette année, je n'attends plus rien. Je suis venu claquer la bise à tous ces gros fils de pute parce que justement, ils ne représentent plus rien. Je me fous d'eux et de leurs petits secrets, de leurs petites trahisons. Après tout, j'ai les miennes aussi, mais personne ne les connait. Enfin personne ne les voit avant que je ne les commette.

Je regarde toutes les personnes présentes. Je note une absence. Mon ex me manque. Je l'ai quitté le 1er janvier de l'année dernière. Je l'avais presque supplié de ne pas m'embrasser le 1er janvier. Ma demande était raisonnable de mon point de vue, inacceptable du sien. Alors elle m'a embrassé par surprise, et pour une surprise ça a été une surprise : je la voyais secouer un enfant, de trois mois à vue de nez, le secouer comme une forcenée. Que pouvais-je faire ? Je ne savais pas qui, ni quand, ni où. Alors je n'ai rien fait que la quitter après lui avoir expliqué qu'il ne fallait pas secouer les bébés. Aux dernières nouvelles, elle n'a tué personne.

Les seuls pour qui je garde la même tendresse sont mon père et ma mère. J'ai réussi grâce à des stratagèmes tous plus ridicules les uns que les autres à éviter de les embrasser ou toucher le 1er janvier. Avant c'était simple, ils étaient à Bordeaux, j'étais à Paris, mais depuis qu'ils investissent régulièrement la capitale pour ces dîners de famille, je ne peux plus y couper. Les deux dernières années, j'ai esquivé brillamment, mais cela ne pourra pas continuer. Et je me trouverai obligé de me couper de mes parents également.

Je parcours l'assistance et entame mon calvaire.

Tiens, un bécot à l'oncle Albert. Qui va tripoter la fille de son meilleur ami. Enculé, va. Je vais me faire un plaisir de te dénoncer.

Bonne année tante Nicole qui a prévu d'aller foutre le feu à une mosquée. Toi aussi, je vais m'occuper de ton cas. Je vais bien te la soigner cette bonne année.

À qui le tour ? Tiens, mais oui, y a le nouveau là. Jean-Luc, qui sort avec ma nièce. Vu comment il ne m'a pas intéressé, je pourrais bien apprendre qu'il a bossé à Auschwitz, ça m'en toucherait une sans…

Nous ne nous sommes pas embrassés, mais serré la main. Je broie sa main sous l'impact de la vision. Il me regarde, surpris. Voudrait retirer sa main sans avoir à geindre, à se plaindre que je lui fais mal, mais je continue à me contracter.

Je dois m'asseoir sous le choc. Toute la famille a senti qu'il se passait quelque chose. Dans la panique, légère, mais réelle, ma mère s'approche de moi :

– Mon chéri, dis-moi ce qui se passe.

Et ce faisant, elle me touche. Comme toutes les mères. Je ne suis pas débarrassé de la vision précédente que je suis assailli par l'image de mère. Une image que je ne devrais pas voir. Une image qui me confirme que mes flashs sont liés à ma morale. Si j'étais croyant, je remercierais le ciel que cette vision intervienne après celle du gendre. Ma mère n'est pas si mauvaise, ou méchante. C'est même une des visions les moins négatives. Formulant cette pensée, je me rends compte du ridicule de la situation, je me pose mille questions sur ces visions, mais je cherche du regard Jean-Luc dont j'ai relâché la main. Je le trouve et continue à le fixer.

Il me fixe en retour, mais je sens qu'il ne comprend rien. Il ne sait pas, comment le saurait-il, que je l'ai vu en train d'étrangler mon parrain. Il ne sait pas que je l'ai vu trainer son corps dans une forêt. Il ne se doute pas une seconde que je l'ai observé mettre le feu à son cadavre avant de l'enterrer.

Bonne année, bande d'enculés. Une vraie famille de merde puisque même les pièces rapportées sont pourries.

Je cherche mon parrain du regard. Il est là. Dans un coin. Discret. Comme souvent. Comme toujours. Je passe de Jean-Luc à mon parrain. Pourquoi ? Quand ? Est-ce que je peux l'arrêter ?

J'avais déjà tenté d'intervenir, d'influencer le cours des choses. Pas toujours, mais parfois. J'avais réussi à empêcher une fille de se faire violer le jour de son anniversaire. J'étais fier de moi, content. Ma joie n'avait duré qu'une semaine, jusqu'à ce que j'apprenne qu'elle s'était fait violer dans sa cave. Violée et tuée. Ce qui n'arrivait pas dans ma vision. Le cours du temps n'aime pas être contrarié.

Pouvais-je sauver mon parrain ? Le voulais-je d'ailleurs ? Après tout, il était là parce qu'on l'acceptait, mais qui se souciait de lui ? Pas moi. Ni moi, ni personne. Que quelqu'un puisse s'abaisser à le tuer me laissait perplexe, mais pourquoi pas. Et puis, il n'avait pas d'enfant, pas de famille, enfin pas vraiment. S'il mourait, je serais son héritier. Ah tiens, la bonne affaire. Il doit bien avoir trois appartements à Paris.

Je me suis levé pour aller lui souhaiter bonne année. Vision, flash.

Je lui ai souri. Il m'a souri en retour, touché de cette toute petite marque d'affection.

Peut-être que l'année ne démarre pas si mal. J'ai porté un toast à toute la famille : « Bonne année » !

Le juste moment

Francesco se posta devant l'opéra à seize heures. Il jeta un œil inquiet pour voir s'il trouvait Julia. Il afficha un visage contrarié en constatant qu'elle n'était pas encore arrivée. Ils avaient pourtant rendez-vous à seize heures trente. La moindre des choses lorsque l'on a rendez-vous, c'est de se présenter en avance pensait Francesco.

Francesco chercha à déterminer le temps d'avance minimum que toute personne devrait avoir. Une heure, c'était peut-être trop. Si l'on doit arriver à quinze heures trente pour seize heures trente, autant se donner rendez-vous à quinze heures trente. Encore qu'alors, puisqu'il faut être en avance...

Non, trente minutes d'avance paraissaient à Francesco le délai idéal. En cas d'imprévu, il reste tout à fait possible d'arriver à l'heure. Cela dépend de l'imprévu bien sûr et Francesco se demanda quels types d'aléas il était nécessaire d'intégrer dans les retards potentiels.

Fallait-il inclure les tremblements de terre, les

catastrophes naturelles ? Francesco décida que non. D'une, il en survenait assez peu lorsque l'on vivait à Paris, d'autre part le temps à prendre en compte dépassait de loin le raisonnable. Il fallait partir la veille, au minimum, pour espérer arriver à l'heure en cas de coulée de lave.

Fallait-il considérer la coulée de lave comme ayant une chance sérieuse de se produire ? Francesco se demanda à partir de quelle probabilité un évènement devrait être inclus dans son périple. Il avait lu quelque part que les chances qu'un avion tombe sur Paris frisaient les 0,0001%. Cela paraissait suffisamment bas pour que l'on ignore ce type d'aléas. À l'inverse, la probabilité que le RER ne fonctionnât pas ou mal dépassait les vingt pour cent.

Francesco en vint à s'interroger : fallait-il considérer les dysfonctionnements de RER lorsqu'on ne prenait pas le RER ? A priori, la réponse s'imposait : non. Mais Francesco se méfiait des raisonnements triviaux qu'il jugeait souvent réducteurs. Prenons le RER A. Lorsqu'il est en panne, tout le monde se reporte sur la ligne 1 et, presque mathématiquement, le trafic est interrompu ou cafouille, très peu de temps après. La conclusion tombait, sans appel : si on empruntait la ligne 1 pour se rendre à l'Opéra, il fallait intégrer les problèmes de RER A.

Bien. Qu'inclure d'autre ? Les agressions ? Oui et non. « Car si je me fais agresser » pensait Francesco, je n'ai plus envie d'assister à un opéra. L'autre non plus, s'il sait se tenir, ne souhaitera pas aller à l'Opéra avec une personne qui vient de subir un tel traumatisme. Un problème de moins.

Francesco continua à lister les risques, les probabilités, et conclut que trente minutes d'avance à un rendez-vous représentaient le meilleur compromis entre la sécurité et le réalisme. Avec trente minutes d'avance à un rendez-vous, à Paris, on s'assurait quatre-vingt-dix-neuf pour cent de chance d'éviter un retard.

Il regarda sa montre : seize heures quinze. Et Julia restait introuvable. Il marqua un geste d'irritation un peu plus prononcé que précédemment. Quinze minutes. Non, vraiment, les gens n'étaient pas sérieux. On ne se présente pas avec quinze minutes d'avance seulement.

Mais, peut-être que Julia était arrivée en même temps que lui et attendait dans un des cafés environnants. Francesco se mit donc à sa recherche. Sans la trouver. Chaque fois qu'il entrait dans un bar, il en ressortait déçu et irrité. « Vraiment » ! Il avait bien conscience qu'avant seize heures trente, il n'avait pas vraiment de raison de montrer de l'impatience. Après tout, Julia ne serait en retard que dans... huit minutes.

Et alors, que ferait-il ? Commencerait-il à angoisser ? De fait, il avait déjà commencé. Francesco avait beaucoup travaillé sur lui-même pour ne pas laisser son anxiété lui pourrir la vie. À cinquante ans, il se considérait comme un adulte pondéré qui devait encore composer avec une angoisse existentielle.

À quarante ans, il aurait appelé Julia à seize heures quinze pour qu'elle se justifie. À trente ans, il serait parti à seize heures vingt en prétextant son retard. Il l'avait déjà fait d'ailleurs. Souvent. Cela laissait les autres sceptiques :

– Mais, on avait rendez-vous à seize heures trente. Je

suis arrivé à seize heures vingt-huit, tu n'étais plus là.

– Bien sûr que je n'étais plus là. Ce n'est pas sérieux. Quand on est sérieux, on arrive avant ! On ne peut pas tolérer ce comportement.

S'ensuivaient des colères aussi fortes que ridicules que personne ne réussissait à prendre au sérieux. Année après année, de moins en moins de gens acceptaient les rendez-vous avez Francesco. Julia, sa moitié, résistait mais il pressentait que s'il tirait trop, elle passerait la main.

Seize heures vingt-neuf.

Francesco sentit l'inquiétude décupler. Au risque maintenant réel, presque avéré, que Julia n'arrive en retard, l'autre danger, pas encore attesté, se profilait : qu'ils ratent le début de l'opéra. Peut-être même tout le premier acte.

Francesco essaya de déterminer le meilleur moment pour commencer à stresser. Il fallait trois minutes pour rentrer et s'assoir. La représentation démarrait à dix-sept heures précises, donc si Julia se montrait à seize heures cinquante-sept, ils ne manqueraient rien. Francesco tiqua. Il ne supporterait jamais d'attendre seize heures cinquante-sept pour commencer à s'inquiéter. Ce n'était pas raisonnable. Seize heures trente et toujours pas de Julia. Il voulait bien décaler de quelques minutes son énervement mais.

Mais justement, était-ce de la colère ? Non, de l'anxiété. Très certainement.

Francesco pouvait raisonnablement accepter de s'angoisser à partir de seize heures quarante-cinq. Oui, quinze minutes avant le début de l'opéra lui paraissait le bon moment pour s'inquiéter.

Il en éprouva un apaisement réparateur. Seize heures trente-deux. Il avait gagné treize minutes de tranquillité. Alors qu'il soufflait de soulagement, il sentit une contraction.

Il pouvait certes attendre treize minutes pour s'inquiéter pour l'opéra, mais pour Julia ? Julia avait maintenant deux minutes de retard. Pourquoi ? Voilà qui s'avérait angoissant. Terriblement anxiogène. Le fait que Julia ait toujours accusé cinq à dix minutes de retard aurait dû rassurer Francesco, mais il ne fonctionnait pas ainsi. Le passé appartenait au passé. Aujourd'hui, il constatait l'absence de Julia et lorsqu'il songeait à toutes les raisons qui pouvaient l'expliquer, il en avait le tournis. Elle avait pu avoir un accident de voiture. Oui, c'était possible, presque probable. Elle devait venir en RER certes, mais elle avait pu changer d'avis, prendre la voiture au dernier moment. Voilà, au dernier moment, pressée, pour être à l'heure, pour ne pas être en retard, pour éviter que Francisco n'angoisse, elle avait accéléré, encore et encore, et elle avait percuté un RER. C'était obligé.

Francesco sentit les larmes lui monter aux yeux : il venait de tuer Julia. Lui et sa phobie du retard. Il regardait de tous les côtés désormais et les gens s'écartaient de ce type un peu bizarre qui scrutait les environs comme un fou.

Il pouvait l'appeler. Il composa son numéro. Il raccrocha. Elle n'avait que neuf minutes de retard et restait en avance pour la représentation. S'il l'appelait maintenant, il allait encore passer pour ce gros lourd qui flique les gens, les harcèle. Non, il ne voulait plus être cet homme-là. À partir de quand pouvait-il contacter Julia sans qu'elle se dise « Non, mais vraiment, il abuse » ? Voilà une nouvelle donnée qui le perturbait plus encore.

Et l'obligeait à attendre dans l'angoisse que sa femme ne soit morte. À cause de lui.

Puis une bouffée de chaleur le submergea. Elle avait peut-être besoin d'aide ? Elle était peut-être en train d'étouffer le cou cisaillé par la ceinture de sécurité. Ou elle était perdue. Ou un sale type lui faisait du mal. Autant de raisons de l'appeler, non pas pour lui mettre la pression, mais pour tenter de la secourir.

Il composa le numéro de nouveau. Seize heures quarante-deux. Ça devrait passer. Mais cela sonnait dans le vide.

Cette fois, c'était sûr. Il regarda sur internet les accidents de RER. Il s'attendait à découvrir un horrible déraillement de train. Mais non. Rien. Il chercha "accident voiture nationale 86". Rien non plus.

Seize heures quarante-cinq. Il entrait dans la phase où il pouvait légitimement s'angoisser pour le spectacle. Sauf que Francesco se moquait du spectacle, il ne pensait qu'à Julia. À la mort de Julia. Car il en avait maintenant la certitude, elle était morte. À cause de lui.

Il releva la tête, les larmes aux yeux : qu'avait-il fait, qu'avait-il fait !

– Qu'est-ce que tu as ? Tu pleures ?

Éperdu, déboussolé, Francesco mit quelques secondes à reconnaitre Julia. Sa Julia. En chair en os et en sourire. Il aurait voulu la prendre dans ses bras, la serrer contre lui, lui dire son amour. Mais il regarda sa montre, même s'il s'en voulut : seize heures cinquante-deux. Comment peut-on sourire lorsque l'on arrive à seize heures cinquante-deux pour un opéra de dix-sept heures pour lequel on avait rendez-vous à seize heures trente ? Voilà un comportement léger, pour ne pas dire inacceptable. Alors au lieu d'expliquer à Julia à quel point il était heureux, il laissa tomber :

– C'est à cette heure que tu arrives ?

Madame Carlotto

Aussi loin que madame Carlotto se souvienne, elle avait toujours adoré les chiens. Toujours. Elle aimait tout chez eux : leur fidélité et leur gentillesse, les deux traits les plus évidents pour elle. Elle appréciait leur intelligence bien qu'elle reconnût qu'à l'instar des humains, ils ne se valaient pas tous.

Madame Carlotto aimait les chiens presque autant que les hommes. Depuis son enfance. Elle avait traversé huit décennies depuis 1935. Elle avait vu, vécu l'horreur, l'indicible, la brutalité, le meurtre, la jalousie, la vengeance, la trahison. Chaque décade lui avait apporté son lot d'avanies et rien, jamais, n'avait entamé les sentiments que madame Carlotto éprouvait pour les humains et les chiens.

Pour tout dire, madame Carlotto aimait tout et tout le monde. Il ne lui serait pas venu à l'idée de vouloir du mal à qui ou quoi que ce soit.

En vieillissant, elle s'était petit à petit retirée de la civilisation. Ou la civilisation l'avait repoussée, il n'était jamais simple de savoir qui avait commencé. Elle vivait dans une petite maison dans la montagne. Son élément naturel. Elle y était née d'abord, dans ses Alpes françaises, un jour d'octobre 1935. La plaine, c'était la ville, le monde, mais la montagne c'était la vie. Les animaux, bien sûr, la flore aussi. Madame Carlotto était végétarienne. Depuis ses cinq ans. Après avoir vu son grand-père égorger un cochon le jour même où sa grand-mère venait d'écorcher un lapin, elle avait été horrifiée par la logique implacable : ils doivent mourir pour que je vive. En 1940, les questions primordiales à régler ne tenaient pas au végétarisme, ou au carnisme. En 1940, il fallait survivre. Elle survécut, mais ne consomma plus de viande pendant les soixante-quinze ans qui suivirent. Elle s'autorisait des œufs, du lait et tout produit animal qui ne nécessitait pas de tuer pour le manger.

Madame Carlotto était une exception et pour cela, elle n'était pas très appréciée. Elle qui aimait tout le monde, tendre sans être soumise, douce sans niaiserie et intelligente sans cynisme, avait dû se résoudre au célibat. Les hommes qu'elle rencontrait ne comprenaient pas ce qu'ils prenaient pour une lubie. Elle avait eu le choix : renoncer à ses principes parce que « Ce n'est pas une bonne femme qui va me dire ce que je dois manger » ou rester seule. Elle avait choisi. Une décision qu'elle assumait, en toute conscience. « Si c'est le prix à payer ». Mais sa rectitude n'enlevait rien à sa tristesse. Madame Carlotto n'était qu'amour et aurait tant voulu connaitre les joies de la famille : des enfants et un mari pour déverser ce trop-plein de sentiments. Mais, à la montagne, en 1955, 1960, elle passait pour une illuminée et personne ne lui pardonnait sa différence.

Elle aurait pu partir à la ville. Mais elle pressentait, avec justesse, que cela ne changerait pas grand-chose. Et puis, née en 1935, elle avait malgré tout les idées de son époque et ne s'imaginait pas, par exemple, faire un enfant toute seule. Impensable pour cette montagnarde. Alors elle vieillit, dans sa petite maison que ses parents lui léguèrent. Entourée d'animaux, de chiens qu'elle aimait plus que tout !

Vingt chiens avaient traversé sa vie. Elle se souvenait de tous. Des moments partagés, des peines, des joies. Chacun lui avait tant apporté. Madame Carlotto n'était pas niaise et elle savait très bien qu'un animal ne remplace pas un fils ou une fille. D'ailleurs, elle leur parlait comme à des chiens, pas comme à des enfants. Mais enfin, ils restaient ce qu'elle avait connu de plus cher.

Avec les années, sa différence s'était accentuée. Elle qui n'était qu'amour ne comprenait pas pourquoi les villageois la repoussaient. Cette injustice flagrante la blessait, mais elle ne savait pas l'endiguer, l'atténuer. Elle possédait trop de bon sens pour tenter d'acheter l'affection des autres. Cela n'engendre au mieux que de la pitié, au pire du mépris. Non, elle constatait, avec amertume, que son amour demeurait doublement stérile.

À quatre-vingts ans, elle en souffrait toujours. Restaient les chiens. Le petit dernier, Carputo, un teckel nain de six ans, tenait plus de la saucisse que du canin. Gentil, affectueux, intelligent, il n'aurait pas survécu quinze jours à la mort de sa maîtresse.

Sa maîtresse qui se rendait de moins en moins souvent au village. Plus personne ne venait la voir, elle n'avait personne à visiter alors une fois par mois, elle descendait au bourg pour les courses les plus importantes. Un des rares taxis la déposait, et un long mois de solitude démarrait dans cette habitation alambiquée.

La maison était construite bizarrement, faite de petits escaliers, de mansarde, de culs-de-sac. La chambre de madame Carlotto se trouvait à l'étage, au demi-étage plus précisément, auquel on accédait par une échelle de meunier, bien raide pour une dame de cet âge. Chaque soir, elle montait Carputo avec elle au prix d'un effort de plus en plus coûteux.

Depuis des années, le malheur rôdait, prévisible. Mais, se persuadait madame Carlotto, quelle importance. Elle n'avait aucune pensée suicidaire, mais sa lucidité lui rappelait sobrement qu'elle ne manquerait à personne hormis à son chien.

Le lundi suivant ses quatre-vingts ans, madame Carlotto tomba de l'échelle avec Carputo dans les bras. Dans un réflexe dont elle se serait crue incapable, elle préserva l'animal en le jetant de côté pour ne pas l'écraser. Elle par contre chut aussi mal que possible, se brisa le col du fémur et sûrement d'autres os.

Elle ne pouvait plus bouger, c'était une certitude. Elle pouvait peut-être ramper un peu, mais pas plus. De fait, elle resta le premier jour allongée sur le dos en espérant que la douleur passerait. Elle passait d'ailleurs, quelques secondes, pour revenir plus lancinante et insupportable.

Carputo la léchait, gémissait, tournait en rond dans la pièce.

Le deuxième jour, madame Carlotto atteint l'écuelle de Carputo. Vide. Seule sa réserve d'eau restait disponible.

Bien qu'elle ne fût jamais partie plus que quelques heures, elle faisait toujours attention à ce que Carputo, ou ses prédécesseurs, disposent d'une quantité d'eau sinon infinie, suffisante en cas d'accident de madame Carlotto.

Bien lui en prit, puisqu'elle put boire et Carputo également. Le troisième jour, elle dut se rendre à l'évidence : elle allait mourir dans cette pièce. Mourir de faim.

Elle descendait au village le premier de chaque mois et nous étions le vingt-deux. Peut-être, encore que cela restât à prouver, le premier du mois en ne la voyant pas arriver quelqu'un donnerait l'alerte. C'était une possibilité, bien faible.

Il lui fallait tenir neuf jours. Neuf jours sans manger, à son âge, c'était une impossibilité.

Elle regardait autour d'elle, rien à portée de main, rien qui put être absorbé. Elle avait tenté de se lever plus d'une centaine de fois sans succès, ni surtout progrès.

Carputo, fidèle, restait près d'elle mais, elle le sentait, il commençait à s'impatienter. La faim le tenaillait également.

Alors madame Carlotto sourit, amèrement : il y avait bien à manger pour elle dans la pièce, à portée de main. Il y avait Carputo.

Et il y avait aussi à manger pour Carputo : il y avait madame Carlotto.

Cent quinze ans de bonheur

Jeanine emmerdait la terre entière depuis cent quinze ans. Une endurance qui finit par payer et lui offrir le statut convoité de doyenne du monde. Statut précaire, obtenu grâce à Xiang Ping, la précédente matriarche ayant avalé son dentier. Elle doutait de l'âge de cette Chinoise. Avec les bridés, on ne pouvait jamais savoir, s'énervait-elle. Mais Xiang était canée et Jeanine, état civil régulier en main, pouvait prouver sa qualité à tout l'univers. Doyenne la Jeanine, doyenne des cons.

Avec l'âge, les rides, les déformations avaient imprimé un rictus permanent sur son visage. Le troupeau qui défilait pour la féliciter en déduisait qu'elle souriait à la vie qui le lui rendait bien. Jeanine se marrait certes, mais parce qu'elle se moquait :

– Ah ! les imbéciles. Regarde-les faire la queue comme à la parade. Tu parles d'un tas de courges.

Elle ne ratait jamais une occasion d'emmerder le populo. Cent quinze ans que ça durait. Si son espérance de vie était liée à son envie de continuer à faire chier les gens, elle mourrait millénaire.

Le monde entier se félicitait de sa doyenne si avenante. Cette femme le prouvait : « On vit longtemps quand on prend les choses du bon côté ». Ils avaient raison. Jeanine prenait tout du bon côté, surtout les emmerdes des autres. Empoisonner l'existence de ses congénères la mettait d'excellente humeur et lorsqu'un coup dur la frappait, elle cherchait aussitôt une victime expiatoire.

Très tôt, Jeanine avait décidé de faire chier le monde. À la naissance déjà. Elle devait arriver le 19 décembre et toute la famille trouvait cette date formidable. La mère serait rétablie pour le vingt-cinq et on fêterait dignement Noël et la nouvelle année. Jeanine se présenta le 31 décembre vers vingt-et-une heures. De mémoire de médecin, douze jours de rab, on n'avait jamais vu ça.

Toute sa scolarité, Jeanine emmerda ses camarades, ses professeurs et ses parents. Pas en frontal. Non, Jeanine était née de biais. Elle semblait n'exister qu'en deux dimensions. Elle souriait de face, tout le temps, de ce même sourire figé qu'elle arborait à cent quinze ans. Et de profil, elle vous insultait. À cinq ans, alors qu'elle jouait avec la petite Éponine, elle la poussa dans la cour de récréation. Éponine se cassa deux dents, mais Jeanine, joyeuse, la relevait déjà :

– Oh ! Éponine a bobo.

Et elle lui collait un coup d'épingle à nourrice en la remettant droite.

Avec ses professeurs, elle testait d'autres tactiques. Car Jeanine se révéla supérieurement intelligente pour pourrir la vie des gens. Avec ses maitres, elle alternait. Parfois, elle s'urinait dessus. Juste pour embarrasser la maitresse. Ou lorsqu'elle lui demandait de venir au tableau, Jeanine prenait, sans avoir l'air d'y penser, sa plume et tombait au pied de l'enseignante, lui plantant l'objet contondant dans le pied.

Pour que le monde continuât d'ignorer sa méchanceté, elle variait, à l'infini, ses combinaisons.

En pension, elle intervertissait les habits de ses camarades, en salissait d'autres, en volait certains. Elle aimait plus que tout se poser à côté d'une de ses condisciples qui sommeillaient et lui murmurer des insanités. Lorsque, parfois, la victime ouvrait les yeux, elle découvrait le visage guilleret de Jeanine.

Jeanine faisait aussi semblant de ronfler. Elle ronflait très fort, si fort qu'elle empêchait toute la chambrée de dormir. Ron pschi, ron pschi !!!

Elle pétait également. Claquer des perlouses de toutes natures, uniquement en compagnie, resterait un des grands bonheurs de sa vie. Elle avait remarqué très tôt que l'innocent se révélait toujours plus gêné. Alors elle lâchait une bonne grosse caisse, silencieuse, et regardait, avec son large sourire, sa victime.

Jeanine s'était procuré, on ne sait trop comment, un livre sur les flatulences. Il décrivait par le menu tout ce qui pouvait les diminuer. Par opposition, elle en avait déduit tout ce qui les provoquait. Elle avait modifié son alimentation en fonction et lorsqu'elle ronflait du cul comme elle disait, la gêne n'était pas uniquement liée à l'éducation.

Les parents de Jeanine, qui cherchaient nerveusement à la marier, espérant qu'elle s'assagirait, changerait du tout au tout peut-être, lui trouvèrent un gentil garçon. Un ouvrier zingueur. Une position raisonnable, un parti cohérent pour cette fille de boulanger qui atteignait les vingt-deux ans. L'affaire familiale périclitait depuis que Jeanine y louffait aussi régulièrement que discrètement, mais enfin, c'était mieux que rien.

Les préparatifs furent expédiés, car à cette époque on pouvait convoler en moins de cinq ans, et un mois plus tard, Jeanine et Jacquot se retrouvaient devant monsieur le curé.

– Jeanine Longuevent, acceptez-vous de prendre pour époux Jacques Mainguy ici présent ?

– Non.

Le curé continua :

– Monsieur Mainguy... Comment ça, non ?

Le sourire de Jeanine répondit à l'incrédulité du curé :

– Non

– Mais, mais pourquoi ?

– Parce que.

Les parents en furent pour leurs frais. Ils abandonnèrent l'idée de se débarrasser de cette gamine. Tant pis.

Quelques années plus tard, Jeanine, qui s'ennuyait à ressasser les mêmes plaisanteries (lacets noués, boule puante, lettres anonymes) réalisa qu'avec des enfants les possibilités tutoieraient l'infini. Elle partit donc en quête d'un époux de son choix. Mais, au retour de la guerre de quatorze, les gueules cassées de beaucoup de prétendants la rebutaient un peu. Mais elle ne se découragea pas et finit par dénicher un candidat acceptable : Marcel, raisonnablement beau et surtout très malléable. Jeanine imaginait pouvoir utiliser à bon escient ce nouveau matériau. La cérémonie brilla par sa discrétion, premier essai raté oblige.

Jeanine, qui la nuit de noces avait fait croire à Marcel qu'elle était un homme, mit tout en oeuvre, dans les jours et les semaines qui suivirent pour avoir un enfant, mais sans résultat. Quel que soit les trucs, astuces, tentatives, Jeanine ne tombait pas enceinte.

Au bout d'un an, un an passé à jouer avec son mari, alternant les blagues ridicules, elle décida de prendre un amant. Avec qui elle coucha de manière régulière, dans l'espoir de devenir enfin mère.

Mais rien ne venait non plus. Jeanine essaya d'autres partenaires. Joignant l'utile à l'agréable, elle s'arrangeait toujours pour que Marcel l'apprenne. Mais les hommes succédèrent aux hommes, les drames aux drames, sans que Jeanine n'enfante. Jamais.

Heureusement, il lui restait son passe-temps favori : pourrir la vie de son entourage. Ce à quoi elle s'attela avec autant de patience que de dévotion et d'endurance.

Et l'histoire l'avait gâtée. Elle repensait toujours à l'occupation avec une pointe de regret. Ce qu'elle avait pu leur en faire voir. Juifs, nazis, collabos, résistants, Jeanine ne s'embarrassait pas d'étiquettes. Elle frappait là où son humeur, son humour comme elle disait, l'amenait.

Le 12 janvier 1941, elle lançait au charcutier Jambier :

« Ton frère il est résistant ou collabo, je ne me souviens jamais ?» et sortait, saluant la Gestapo.

Le 30 juillet 1942, elle écrivait à la kommandantur : « La peinture du nom des Leboyer n'est pas encore sèche. Si vous la grattez, passez le bonjour au Goldstein de ma part ».

Elle risquait gros, mais comme personne n'y comprenait rien, on la rangea dans la case des idiotes utiles.

La libération aurait pu la voir tondue, elle se défoula sur les collabos. Indochine, Algérie, les conflits la ravissaient. La guerre rendait les gens fous et sans défense. De mille neuf cent quatre-vingt-dix à deux mille un, l'actualité lui fit défaut, mais elle compensa par son inventivité et déjà près de cent ans d'expérience.

À partir de deux mille un, elle s'engouffra dans cette nouvelle vague. Parallèlement, elle continuait à péter ici ou là, mais elle devait le reconnaitre, elle n'était plus si sûre de le faire exprès.

Du haut de ses cent quinze, elle souriait au monde et à toutes les emmerdes qu'il lui restait à déployer.

***

— Alors madame Jeanine, avez-vous un regret dans la vie ?

Elle regarda la journaliste qui crut déceler un voile dans ses yeux et répondit, toujours en souriant :

— J'aurais tellement voulu qu'on m'aime pour ce que je suis.

Le fan

« Pas encore l'autre con ! » pensa Alex Bialot en apercevant Michel Pichon.

– Monsieur Bialot, monsieur Bialot !

Michel hurlait à l'attention d'Alex. Le fait qu'ils se trouvent dans une librairie de la taille d'une boulangerie aurait dû alerter Michel sur l'inutilité, l'absurdité de son hurlement. Mais s'il manquait une chose à Michel, ce n'était pas de la voix, mais du discernement.

Alex, peu habitué aux fans en général, mais totalement rompu aux agissements de Michel, regarda la femme à qui il dédicaçait son livre, s'excusant pour l'autre.

– Un grand admirateur, s'enquit la lectrice en souriant ?

– Juste un grand casse-couille, répondit Alex, lapidaire.

Alex savait très bien qu'avec Michel dans les parages, rien n'était possible. Il fallait se débarrasser de Michel d'abord. La femme étant la dernière personne à demander une dédicace, le tour de Michel était venu. Il se campa triomphant, devant Alex :

– Bonjour Alex.

Il souriait jusqu'aux oreilles, à tel point que ses oreilles semblaient sourire également. Alex en était presque gêné.

« Je ne suis pas Zola merde, y a pas de quoi s'extasier à ce point », songeait-il. L'enthousiasme de Michel le mettait mal à l'aise. Pourtant, Alex aimait ce qu'il écrivait, il en était même fier, parfois satisfait. Mais cet état second dans lequel Michel se mettait chaque fois qu'Alex sortait un nouveau livre l'embarrassait. Peut-être parce qu'il savait ce qui allait inévitablement survenir.

Michel prit un livre sur la pile, l'observa, le caressa du regard comme un curé se régale à la vue d'un petit enfant, lut le titre qu'il devait pourtant connaitre tant il suivait assidument l'actualité de Alex.

– « La dernière danse », sacré bon titre.

– Merci Michel.

Alex attendit la suite.

– Ça parle de quoi ?

– C'est l'histoire d'un homme qui va mourir.

– Ha ha ha, c'est bon ça, commenta Michel qui souriait toujours autant.

– Oui, enfin, il va mourir et il n'a jamais eu de femme dans sa vie. Personne ne l'a jamais serré dans ses bras. Alors au seuil de la mort, il passe une annonce pour qu'une femme accepte de venir chez lui, pour danser.

– Ah d'accord. D'accord.

Michel acquiesçait, toujours souriant. Alex constatait que s'il avait entendu, il n'avait rien écouté.

– Et c'est drôle, demanda-t-il ?

Voilà. « La dernière danse » était le quinzième roman d'Alex. Michel était devenu son fan au deuxième roman. Il avait lu le premier plus tard, « Mais, non il n'avait pas aimé ». Alex le soupçonnait de ne pas avoir aimé parce qu'il avait été écrit avant que Michel ne découvre « Alex Bialot » qu'il considérait depuis presque comme « SON » auteur. Et aussi, car il y manquait une scène cruciale aux yeux de Michel.

Michel avait adoré le deuxième roman d'Alex. Totalement adoré. Un roman assez drôle : l'histoire d'un type qui tombe aux mains de péquenots australiens qui pour sauver sa peau doit masturber un chien. Alex avait décrit, avec une drôlerie féroce, ce passage. Cinq pages, atrocement hilarantes, avec un climax assez évident mais pourtant réussi. Treize livres plus tard, à chaque sortie, Michel qui avait littéralement ADORÉ cette scène demandait toujours, comme il allait le faire dans quelques instants :

– Y a une scène avec un chien ?

Ce que Michel voulait dire c'est « Y a une scène où un type branle un chien » ? Comme ces fans de musique qui demandent toujours la même chanson, qui lorsqu'ils vont à un concert voudraient entendre cinquante fois de suite LE tube du chanteur. Alex, en public, s'astreignait à répondre à Michel normalement. Comme si sa question était légitime et non le résultat d'une pathologie délirante :

– Il y a un chien qui fait son apparition oui.

Le sourire redoubla.

– Ah ouais, super, et, et alors ?

– Et alors, c'est assez triste et...

Michel fronça les sourcils, interrompit Alex :

– Triste, comment ça, triste ?

Forcément, dans son cerveau, une scène avec un chien, c'était forcément une bonne scène de branlette et pas un moment lugubre où le vieil homme condamné décidait de partir avec son chien, aveugle, usé, fatigué.

– Triste, comme dans « pas super gai », répondit Alex

Le froncement fit place à une moue de reproche.

– Non, mais je ne comprends pas. Parce que bon, il se passe quoi avec le chien ?

« Il se passe rien merde, je vais pas passer ma vie à écrire des histoires de branlettes de clebs, parce qu'un abruti qui sait à peine lire a flashé sur ça il y a dix ans » ! Mais il reprit posément :

– Il ne se passe pas grand-chose, c'est vers la fin, je ne voudrais pas déflorer le contenu du livre.

– Non, mais quand même, à un moment…

Une personne attendait maintenant pour une dédicace et le libraire s'était rapproché pour écouter.

– À un moment quoi ? lança Alex qui connaissait la réponse.

Resourire du Michel.

– À un moment, il le, il le touche ou, il se passe un truc comme ça ou quoi ?

La femme qui attendait regardait Michel bizarrement. Alex, épuisé par dix ans de harcèlement qui se cristallisaient à ce moment, lança :

– Non, il ne le branle pas si c'est votre question.

Devant la déception qu'il lut instantanément sur le visage de Michel, il ajouta :

– Il lui caresse pas non plus les couilles, il ne le suce pas et personne n'encule personne, ça va aller là ?

La dame qui attendait reposa son exemplaire et partie, gênée. Le libraire fixa Alex, visiblement surpris. Alex continua :

– Ça fait dix ans que tu me fais chier avec cette scène, bordel.

– Mais, mais c'est que je l'aime bien, elle est tellement géniale.

– Mais on le saura qu'elle est géniale. On le saura que t'aimes branler les clébards !

Prenant à partie le libraire, comme pour se rassurer :

– Ce con a même ouvert un blog pour répertorier tous les livres qui pourraient comporter des scènes identiques. Tu savais toi que Balzac évoquait une scène plus ou moins semblable dans « scène de la vie privée » ? Ben maintenant, tu le sais.

Le libraire se recula un peu, comprenant que le danger venait plus du fan que de l'écrivain.

– Bah oui, mais c'est tellement marrant.

– Mais bordel de dieu, où est-ce que tu vois un truc marrant dans le fait d'être obligé de branler un clebs pour sauver ta vie. On est dans le pathétique, le pitoyable, le misérable.

– Ouais, mais quand même. C'est marrant.

– Mais si ça te fait bander de lire cette scène, relis là, relis là mille fois, mais à quoi ça te servirait que je la réécrive dans un autre livre. Ça, je comprends pas.

– Ben, ce serait pas la même scène.

Tentant de se calmer un peu :

– Ce serait pas la même scène d'accord, mais y aurait un chien ?

– Ah ben oui.

– Ok. Y aurait un mec ?

– Ah ben oui.

– Et genre, il branlerait chien.

– Ah forcément.

– Non, mais regarde-moi ce malade mental, il veut que j'écrive un Kamasutra de la branlette de clébard. Mais va te faire soigner chez un véto au lieu de m'emmerder à chaque sortie de bouquin.

Alex, qui se sentait partir, surtout devant l'impassibilité de Michel, reprit le libraire à partie :

– Cet attardé m'a fait la même sur mon précédent roman. Je racontais l'histoire d'une femme qui perd son enfant violé, torturé et tué par son nouvel amant. Et ce con, ce con non seulement il me demande s'il y a une scène marrante avec un chien, mais en plus il a écrit une critique pour expliquer pourquoi le livre aurait été mieux avec une scène de branlette de clebs.

– Bah oui, ça aurait permis de se détendre un peu, parce

que c'était un peu lourd, un peu tendu.

– Oui, voilà et puis au lieu d'appeler ce bouquin « La dernière danse », j'aurais pu l'appeler « La dernière branlette ». Ça aurait été moins lourd, moins étouffant, hein.

Michel, assez éloigné du second degré, de l'ironie, hésitait sur la réponse à apporter. Il comprenait bien, à voir l'état de l'écrivain, que quelque chose n'allait pas, mais sa proposition était tellement sensée, attirante, qu'il ne pouvait pas l'ignorer :

– Oui, voilà, « La dernière branlette ». Avec une photo de chien en couverture.

– Non, j'abandonne, j'en ai eu des fans casse-pompe, des boulets, des lourds, des qui te remercient pour des trucs que t'as pas écrit, d'autre qui t'aiment pour des mauvaises raisons mais lui, lui, c'est une plaie. T'es une des sept plaies d'Egypte, mais t'es tellement con que tu t'es paumé en route et au lieu de tomber sur le mont Sinaï, t'as atterri dans mon jardin.

– Mais, moi je dis ça parce que je suis sûr que ça marcherait mieux. C'est tout.

– Et voilà. Dix ans que mes ventes dégringolent. Je suis passé de trente mille exemplaires à cinq mille et encore, pas toujours. Mais lui, il est toujours là.

– Mais je serais toujours là, monsieur Bialot.

– C'est bien ça le problème. Vous serez toujours là. Et je le sais. Et... Si je vous en réécrivais une de scène, vous me lâcheriez ?

Autant demander à un carnivore s'il se roulerait dans la salade après avoir mangé un bon steak.

– Vous lâcher ? Pourquoi je vous lâcherais. J'aime trop ce que vous faites, monsieur Bialot.

Alex posa ses lunettes sur la table.

– En fait, y a qu'une solution.

Michel souriait toujours, le libraire venait de reculer d'un pas et une autre femme venait d'entrer et s'approchait de la table de dédicace.

– Oui, souriait Michel ? Il pensait que la solution se trouvait dans une nouvelle scène. Qu'il attendait depuis si longtemps.

Alex remit ses lunettes.

– Mais pas ici.

Il prit le livre de Michel de ses mains, signa :

– Amitié, merci, au revoir

Michel, surpris, déçu, reprit le livre et, toujours hésitant :

– Bon, alors...

– Oui à la prochaine, pour le prochain livre. Ce sera surement l'histoire d'un auteur qui bute un de ses fans.

***

Michel ouvrit les yeux, sentit sa nuque, sa tête le lancer. Il n'arrivait pas à se remémorer son dernier souvenir. Il regarda autour de lui. Il était attaché à un radiateur. Dans une petite pièce. Il mit quelques instants à se remettre. Une porte, normale, dans un appartement normal s'ouvrit et Alex apparut :

– Ah, voilà le réveil du fan. Ça va ?

Michel, faussement rassuré, dit que oui, mais il ne savait

pas trop en fait.

Alex tenait sa main droite cachée. Il avança dans la pièce. Laissant apparaitre une laisse. Puis un chien.

— Si ça te passe pas l'envie, je te jure que je deviens écrivain animalier. Spécialisé dans le clébard.

La dernière danse

Pepino souffrait d'une maladie incurable. D'aussi loin qu'il se souvienne, il n'avait jamais touché qui que ce soit. Et personne ne l'avait jamais touché. Son unique contact physique avec un autre humain remontait à sa naissance, à quelques secondes après sa naissance plus précisément. Lorsque sa mère, le tenant contre elle, des rougeurs se formèrent sur la peau de Pepino. Les rougeurs devinrent cloques. Mais qui penserait à priver une mère de son enfant quelques minutes après le miracle de la vie. Par chance, une sage-femme plus perspicace prit le petit et le déposa sur une table. Pepino hurla et pour peu qu'il puisse en juger, il n'avait jamais cessé.

Les examens succédèrent aux examens, les diagnostics aux diagnostics. Pas un médecin qui n'ait sa théorie, pas un spécialiste qui ne concocta un traitement particulier, pas un qui n'échoua. Personne ne pouvait toucher Pepino. Avec ou sans gants, personne, ce qui ajoutait de la perplexité à la confusion.

– Écoutez madame, la maladie de votre fils n'a aucun sens, lui avait reproché le professeur Bianchi qui prenait comme une insulte personnelle cette maladie qui empirait à mesure qu'on la traitait.

La médecine céda la place à la religion qui finit par se rendre au mysticisme, mais rien n'y fit. Pire, en vieillissant, les symptômes s'aggravèrent. Toucher Pepino revenait à lui verser de l'acide ou de l'huile bouillante. Tout contact, toute pression d'une peau contre la sienne l'agressait, le violentait.

De fait, Pepino avait connu le contact des humains. Une seconde par-ci, par-là. Lorsqu'un petit camarade tentait de le serrer contre lui, qu'un autre enfant, moins bien intentionné le frappait, ou quand un parent distrait le prenait dans ses bras. De zéro à dix ans, ces erreurs de toucher se révélèrent aussi nombreuses que douloureuses, et Pepino s'en souvenait encore comme d'agressions interminables. Il ne pouvait jouir du plaisir du contact tant la douleur, en grandissant, devenait instantanée. On le touchait et il souffrait.

Un jour de désespoir un peu plus marqué, Pepino expliqua à son père et sa mère qu'ils auraient dû l'appeler « Paria ». Mais ses parents s'étaient déjà éloignés de lui. Il existe peu de choses plus frustrantes que de ne pouvoir étreindre son enfant. Une distance s'était installée entre le fils et sa famille. Chaque espoir déçu, chaque cure avortée avait creusé le fossé devenu gouffre. « Puisque je ne peux pas te serrer contre moi, et puisque je ne peux pas supporter de vivre avec ce manque, alors je vais cesser de vouloir te serrer contre moi ». Voilà la logique qui gangrénait l'esprit de ses parents. Sans qu'ils s'en rendent compte bien évidemment. Mais quand Pepino eut quinze ans, il n'était plus qu'un étranger, un apatride dans sa propre famille, dans sa propre maison.

Il se perdit dans les livres. Il avait essayé le cinéma, la télévision, mais la vision de ces corps se touchant, se frôlant, se tripotant l'insupportait. Dans les livres au contraire, il trouvait apaisant, rassurant d'imaginer lui-même les contacts. Et dans les livres, l'impossible n'existait pas. Il devint bibliothécaire, commença à la grande librairie municipale de Milan et y demeura toute sa vie. Toute une vie de livres, sans contact réel avec le monde. Il y avait certes du passage, il remettait des cartes de la bibliothèque, recevait les retours. Il voyait des gens, il leur parlait même à l'occasion, mais à distance.

Il restait un paria. Parfois, il rencontrait une personne qui semblait ne pas prendre sa maladie en considération. Mais il venait toujours un moment où la curiosité l'emportait :

– Ça vient d'où ? Tu as tout essayé ? C'est bizarre quand même.

Et le « C'est bizarre quand même » alertait Pepino. De victime, il devenait complice. Parce que c'est trop étrange pour qu'il n'y ait pas de responsable. Et qui d'autre que lui ? Même chez les humains les plus compréhensifs, son affection érigeait un mur, et le coupait encore un peu plus d'autrui.

Malgré ses tentatives pour s'intégrer, sa situation lui apparaissait comme un renoncement :

– Tu ne te bats pas assez, Pepino, il faut essayer de nouveau.

Alors il retournait chez un médecin, il touchait

quelqu'un, il tentait même de faire la cour. Toujours la maladie se rappelait à lui, avec plus de force, plus de venin. De ses dix-huit ans jusqu'à ses soixante-deux ans, Pepino ne cessa jamais d'entrer en contact avec le monde. S'il parut abandonner parfois, s'il laissa passer quelques années, toujours il finissait par se risquer de nouveau.

Lorsqu'internet entra dans sa vie, il crut avoir trouvé un palliatif. Il rencontrerait des gens virtuellement, ce serait mieux que rien. Et peut-être que ce serait mieux tout court. Alors il se lança et il pouvait comprendre qu'on y trouve un réel plaisir, qu'on s'y perdit même. Pour quelqu'un de repu, rassasié de contact physique, l'expérience virtuelle devait s'avérer passionnante. Pour un Pepino, avide de toucher l'autre, internet et son intangibilité se révélèrent troublants, frustrants puis insupportables.

Pepino, égaré dans les livres, écrivait également. Il avait cherché à être publié. Il avait même rencontré plusieurs éditeurs. Qui passée la surprise de ne pouvoir serrer la main de leur interlocuteur, lui avaient à peu près toutes et tous avoué que son travail s'avérait singulier, mais impubliable.

Une éditrice avait plus précisément décrit les raisons :

— Vos livres sont uniques, j'en conviens. Totalement uniques. Mais, comment vous dire, ils semblent écrits par une race extraterrestre. Ils ne ressemblent à rien de connu, mais ils n'évoquent rien non plus. Ils auraient leur place au musée oui, un musée d'anthropologie, mais pas en littérature.

Et ce constat avait paru si sensé à Pepino qu'il avait cessé d'écrire. À tort sûrement. Il aurait dû s'acharner, démarcher d'autres éditeurs, publier sur internet peut-être. Mais il rangea son stylo et se cantonna à lire. Pourtant, si les livres me touchent autant, c'est bien que je suis comme les autres ? se disait-il souvent pour se remotiver. Mais la blessure pulsait. Il restait un extraterrestre.

Quand il eut soixante-deux ans, il prit une retraite bien méritée. Jamais absent, jamais en retard, jamais souffrant. Toujours à son poste, toujours d'humeur égale. La bibliothèque de Milan organisa une petite fête. Qui faillit se terminer en drame lorsqu'une stagiaire, qui n'avait pas saisi la nature du handicap de Pepino le serra dans ses bras pour le remercier. Elle avait trop bu, elle se colla trop, trop fort à Pepino qui hurla en repoussant la gamine à l'autre bout de la pièce. Si fort qu'elle fit tomber un rayonnage entier de livres. Et la maladie de Pepino ruina sa cérémonie de départ.

Pepino continuait à venir à la bibliothèque tous les jours, comme lecteur. Mais il n'arrivait plus à se concentrer comme avant. Le souvenir de la fille le hantait.

Il avait volontairement ignoré la musique. La musique, telle qu'il la concevait dans son monde, évoquait la danse, le contact physique, la moiteur même.

Mais son rêve le plus puissant, le plus inaccessible demeurait intact : partager une danse avec une femme. Peut-être pas un slow d'ailleurs. Non. Juste danser, se laisser bercer par la musique et par le corps de l'autre. Lorsqu'il formulait cette pensée, Pepino pleurait. Depuis bientôt quarante-cinq ans qu'il évoquait cette possibilité de manière régulière, Pepino pleurait. Sur lui. Et il s'en voulait alors les larmes cessaient, mais la souffrance augmentait.

Pepino prit une décision. Il ne pouvait pas partir sans connaitre ce à quoi tout humain, même le plus malchanceux, même le plus malheureux avait droit. Quel qu'en soit le prix. Il n'était pas trop tard...

Pas trop tard, mais la maladie avait tant progressé que les dégâts à craindre s'avéraient plus importants que jamais. Mais Pepino se moquait des conséquences et publia l'annonce suivante :

– Vieil Homme cherche femme pour danser. Cinq minutes.

Un autre aurait ajouté « jeune et jolie », mais que lui importait. Il avait hésité à payer. Mais après tout, il ne demandait qu'une danse de cinq minutes. Il ne mesurait pas ce que pouvait avoir d'inquiétant son texte. Mais qu'écrire d'autre ?

– Vieil homme malade cherche une femme pour continuer à danser pendant que je souffrirai le martyre.

Il s'était promis d'accepter la première candidate. Sylvana sonna chez Pepino à seize heures le dimanche suivant. Avant d'entrer, elle chercha à comprendre le sens de cette demande étrange. Pepino expliqua et Sylvana acquiesça tristement :

– Alors d'accord. Et elle monta.

– Vous savez quel morceau vous voulez écouter ?

– Oh oui, répondit Pepino avec beaucoup trop d'enthousiasme. Oui, il savait ce qu'il voulait écouter. Et des larmes coulaient déjà sur ses joues, il savait sur quel morceau il voulait... vivre.

Il mit la musique sur un appareil qu'il venait d'acheter

pour l'occasion, s'approcha de Sylvana et tendant les bras, lui dit en souriant, tandis que tout son corps se contractait :

— Je ne sais pas danser, je ne vais pas pouvoir conduire.

Et Sylvana, ouvrant à son tour les bras en souriant à l'unisson :

— Je conduirai pour vous.

Pepino ne comprendrait jamais ce qui se passa ce jour-là. La codéine, la morphine, les plantes qu'il avait ingurgitées avant de danser jouèrent peut-être un peu. Peut-être la grâce, ou peut-être, à son échelle un petit miracle.

Lorsque les mains de Sylvana enserrèrent les siennes, lorsque Sylvana se colla contre lui, il ne ressentit rien. Ou plutôt, il éprouva ce que l'on est censé éprouver dans ce moment. Plaisir, moiteur, gêne, excitation, peau contre peau, corps contre corps. Mais aucune douleur. Sylvana, qui n'avait jamais donné autant de plaisir à qui que ce soit dans sa vie en fut bouleversée, car tout le bonheur qui irriguait Pepino s'avéra contagieux. Pepino vécut les cinq plus belles minutes. Pas les cinq plus belles minutes de sa vie, non, les cinq plus belles minutes qui soient. Ces cinq minutes qui donnent un sens à l'insensé.

Sylvana se laissa porter par le moment et n'ouvrit les yeux qu'à la fin du morceau. Pepino la regarda une dernière fois, le plaisir, le bonheur et la joie continuant à flotter autour d'eux. Il recula théâtralement, la salua et s'écroula.

Pepino avait gagné un sursis de cinq minutes, la nature ne lui accorderait pas une seconde de plus. Et ce fut comme si toute la douleur s'était accumulée pendant le morceau pour se libérer. Les réactions chimiques se déclenchèrent coup sur coup et le corps de Pepino se transforma en brasier. Son visage, sa chair ne formaient plus qu'une plaie. Sylvana dont le premier réflexe fut de le toucher dut se rendre à l'évidence, elle ne pouvait rien pour lui.

Elle appela les secours et resta à son chevet, en silence, à le regarder, encore bouleversée par l'ampleur des émotions qu'elle venait de vivre. Et elle aurait juré que Pepino, dans sa douleur, souriait.

Postface

Alors que mon deuxième roman, « Le goût de la haine » poursuit sa route, que mon deuxième essai « Les sous-hommes connectés » devient chaque jour un peu plus pertinent, pourquoi continuer à écrire des nouvelles ? Pour battre un record et passer devant Frédéric H. Fajardie et ses 365 nouvelles ? Non pas vraiment. Pour continuer à explorer l'âme humaine, modestement, sous tous les aspects. Et parce qu'une nouvelle, lorsqu'elle est réussie, demeure une goutte d'eau certes, mais qui contient un tsunami.

Comme pour les volumes précédents, j'évoque ici le processus de création de chaque texte.

L'autre dent

Comment écrire la suite d'une nouvelle qui se termine par le suicide du personnage ? Facile. « La dent », ma première nouvelle, a tellement bien fonctionné, a généré tant de retours positifs que je me suis senti orphelin.

Comment continuer sans trahir la première nouvelle ni raconter la même histoire ? L'évidence s'est imposée : raconter le suicide même. Dérouler la même malchance et les conséquences d'un choix stupide. J'ai encore beaucoup ri et le personnage est toujours vivant...

Les deux petits vieux

Une histoire tristement simple, banale. Et presque réelle. Je suis vers Montparnasse, je prends un verre au bar, toujours au bar, et je vois ces deux petits vieux qui ne s'écoutent pas. Tout dit leurs habitudes, le rituel installé, les échanges automatiques. Et lorsque l'un des deux s'en va, celui qui reste s'effondre en silence et sans un mouvement, son visage montre l'indicible. Je suis bouleversé par ce que je vois et note simplement « Les deux petits vieux ».

Une petite histoire de pénis

J'ai écrit cette histoire dans l'Eurostar. Et je riais comme un bossu. J'arrive à Londres et impossible de retrouver le texte. Merde ! Je le réécris, toujours mort de rire et alors que je suis dans l'Eurostar pour Paris, encore perdu ! Bref, cette version est la troisième et la moins bonne j'en ai peur. Mais je continue à aimer ce texte. Il convoque pas mal de thèmes : le rapport risible des hommes à leur virilité, le lien entre l'écrivain et son œuvre et enfin la violence qui veille et l'absurde qui guette.

Le divin enfant

Pour ce recueil, j'ai essayé d'alterner texte drôle et texte sinistre. Dans les deux cas c'est noir, mais ici, pas de place pour l'humour. Une nouvelle malheureusement inspirée d'une histoire vraie. J'ai voulu un texte court, et pourtant répétitif. Pour coller à la folie, à l'horreur du moment. Quelques phrases, quelques impressions mais quoi qu'on fasse, qu'on dise, tout nous ramène à cette femme et son enfant mort.

Les enculés

J'avais juste noté « monde où tout le monde se parle mal » et quand j'ai commencé à écrire, les insultes ont surgi spontanément. Avec force. Et je n'ai pas d'insulte assez puissante pour décrire le plaisir que j'ai pris à créer ce monde bizarre, ces dialogues improbables et cette petite Suzanne, perdue chez elle. J'ai passé plusieurs heures à chercher des insultes dans les dictionnaires d'argot de différentes époques. Le résultat me plait au-delà du raisonnable. Une nouvelle que vous ne pourrez pas lire ailleurs.

L'écrivain qui ne voulait pas mourir

Ma deuxième nouvelle, « L'écrivain qui n'écrivait rien », évoquait la difficulté de créer dans un monde ultraconnecté et surtout, notre capacité à nous tromper de problème, à confondre les causes et les effets. Ici, mon écrivain écrit. Il est débloqué. Mais il n'a plus assez de temps pour aller avec ce déblocage. Et il reste aussi seul qu'avant. La phrase à l'origine du texte « Tu en as bien profité », je l'ai entendue d'un proche.

L'empailleur de cons

J'ai un vice, ou un tic d'écriture : les dialogues. J'adore enchainer les dialogues, absurdes, en partant d'un prétexte, plus ou moins léger. Plus le prétexte est léger, plus je risque le hors-piste et le raté. Ici, j'avais noté « Empailleur de cons » lors d'une soirée. Et je me suis fait plaisir. Et je conçois qu'on puisse trouver l'enjeu un peu léger, mais quel bonheur de faire vivre ce con. Si je me surveille pour ne pas laisser les dialogues m'égarer, je n'ai pas prévu d'arrêter ce type de nouvelles.

Une soirée mémorable

Montagnes russes. Encore une histoire inspirée d'un fait divers. Impossible de faire rire. Mais je l'ai joué contraste. Emmener très haut mon personnage, pour le faire tomber, d'une phrase. Essayer de créer une soirée mémorable, un vrai moment de détente, dans lequel le lecteur ou la lectrice puisse se projeter, et renvoyer chacun à sa solitude, à ses drames.

Porno Blaireau

Si je devais créer un panthéon de mes nouvelles – et faites-moi confiance, je finirai par le faire – Porno Blaireau y figurera en bonne place. À moins d'être fou ou doté d'un égo démesuré, ce qui revient parfois au même, on ne peut prétendre inventer un style, raconter une histoire qui ne l'ait pas déjà été dix fois, cent fois, mille fois. Mais parfois, il vient un texte dont on se dit : « OK, celui-là, comme ça, il n'y avait que moi pour le créer. Pour inventer un truc aussi con ». Et cette nouvelle en fait partie. Un nain pornstar, alcoolique et désabusé, des petits villages, un manager perché, des formules qui claquent. Bref, si je choppe le melon, ce sera à cause de texte comme celui-là.

Baby Foot

Une histoire qui brille par sa platitude. Contraste à la précédente. Il n'y a rien que vous n'ayez lu, vu ou entendu. Un mec qui tue sa fille, c'est horriblement banal. Mais j'ai changé le point de vue, pas pris la femme battue, pas non plus le mari, mais celui des potes bas du front. Pour voir. Et j'ai vu : j'aime trop faire vivre ces personnages.

Polyphonie Coloscopique

Un ami m'a raconté une coloscopie. Tandis que je riais aux larmes, l'écrivain, le traitre, notait tout dans sa tête. Et j'ai ri aux larmes en réinventant cette épreuve. Et mon ami a ri aux larmes en découvrant cette histoire, qui n'avait rien et tout à voir avec son anecdote. Avec un de mes personnages préférés : le médecin barge, déjà apparu dans « Les Refaits Divers » et « La greffe ».
PS : Ne faites jamais confiance à un écrivain.

Le grand ménage

Je ne suis pas le seul à avoir eu envie de disparaitre, de me fondre dans le décor. Mais j'aime pousser les logiques jusqu'au bout, surtout les logiques mortifères. L'absurde permet de prendre du recul. Et l'écriture peut jouer son rôle de catharsis. Pierre-Henry et moi n'avons rien en commun, et pourtant l'un ne va pas sans l'autre.

L'esprit de Noël

Une nouvelle qui date, mais dont je ne me lasse pas. Inspirée de la vraie vie, comme tout finalement. Une femme entre dans le métro, chante, mal, mais mal. J'en éprouve, à tort de la pitié, et puis la pitié s'envole car je me dis qu'elle est heureuse. Elle donne tout et c'est magnifique. En partant, elle souhaite un bon rétablissement à Polnareff et là, je switche. Je change le point de vue, choisit ce type aigri, qui passe à côté de sa vie, plus qu'elle. Mais je reviendrai surement sur cette femme, d'autant que je l'ai recroisée récemment. Toujours en galère et arborant toujours un sourire radieux.

L'enterrement

Il y a des textes qui doivent sortir. Norbert Navarro s'est suicidé il y a quelques années et son enterrement restera un des moments les plus durs et les plus beaux que j'ai vécus. J'ai écrit le texte dans le train Nantes-Paris après l'enterrement, comme une catharsis – comme tout ce que j'écris j'imagine – mais j'ai ressenti le besoin de le laisser reposer. Un an plus tard, il était prêt. Vous aurez certainement remarqué qu'Alex représente mon alter ego. Plus ou moins.

Bonne année

L'idée a surgi un 31 décembre. Forcément. Tout le monde se souriait tellement, que j'en suis venu à me demander ce qui se cachait derrière ses mines ravies.

J'avais juste noté « Premier de l'an entre enculés » et n'avais aucune idée de la suite. L'écriture a libéré une histoire que j'ai trouvée géniale. Je sais, c'est moche de se congratuler. Mais que voulez-vous, j'écris pour me surprendre, alors lorsque j'y parviens, je lève mon verre.

Le juste moment

La phrase la plus conne de cette nouvelle « À partir de quel moment est-il raisonnable de s'inquiéter ». Presque du vécu, puisque j'ai écrit la nouvelle en attendant mon amie pour… l'opéra forcément. Au lieu de ressasser des angoisses, je les ai projetées dans un personnage. Qui n'est pas Alex vous l'aurez remarqué. Une nouvelle que j'ai énormément retravaillée. Trop répétitive initialement. Je me surveille et parfois, certains tics rendent bien, parfois ils détruisent tout. Une nouvelle à chute faible, comme j'en écris parfois. Mais il me semble que l'enjeu reste élevé et proche de nous.

Madame Carlotto

Dans « Un mal de chien », je me moquais des propriétaires de chiens. J'assume cette nouvelle de A à C, comme cunnilingus. En reprenant mes notes, je tombe sur « Une femme survit, bloquée dans son appart, en mangeant son chien adoré. » et je pars sur cette idée, mais au lieu de décrire un propriétaire de chien abruti, surement par contraste, j'invente cette magnifique madame Carlotto. Ce monstre de gentillesse et de tendresse. Que je ne peux qu'accompagner au seuil de son calvaire. Encore un texte que j'ai énormément travaillé. Pour garder une forme de naïveté, sans tomber dans la niaiserie. D'une manière générale, sur ce recueil, j'ai traqué les répétitions, les facilités plus que jamais.

Cent quinze ans de bonheur

De même que l'admiration béate des adultes pour les enfants me laisse sans voix, je reste fasciné par cette tendresse spontanée pour les vieux. Une tendresse qui n'empêche pas l'abandon, le mépris, mais il semblerait que de nombreux adultes pensent que si tu es vieux, que tu souris, tu dois être gentil. Ce constat a guidé l'écriture. Là encore, grande joie de créer de toutes pièces une peau de vache ultime. Ultime et dérisoire.

Le Fan

Comme presque toujours, mes nouvelles partent d'une phrase notée sur mon PC ou mon mobile. Ici, « Fan casse-couille chien ». Selon l'heure, l'humeur, ce type de phrases me laisse indifférent. Et quelques jours, mois, ou maintenant années plus tard, elles m'inspirent une nouvelle écrite d'un jet. Avec la folie comme thème sous-jacent. Comme souvent. Pour la chute, j'ai l'impression d'avoir progressé. Je ne tue plus tous les personnages. Mais il faut quand même qu'ils morflent un peu.

La dernière danse

Une nouvelle dans la lignée du « Sourieur », écrite avec la volonté de faire monter les larmes. D'écrire le truc le plus triste de la planète. Impossible de retrouver ce que j'avais noté, mais je me souviens que c'était à Milan. Une ville que je n'ai pas particulièrement aimée, mais dans laquelle j'ai vécu une sorte d'épiphanie. Une ville où je me suis ouvert aux autres. Et où j'ai assisté à quelques petits moments d'humanité, qui m'ont amené à écrire ce texte (et beaucoup d'autres à venir).

Remerciements

La création de ces nouvelles noires reste un exercice solitaire. Et pourtant, impossible de ne pas remercier d'humains sur ce volume.

Merci à Philippe Conan, parce que sans lui, je serais mort.

Merci à Jeanne qui a corrigé de nombreuses fautes lors de la publication sur Scribay.

Merci à Nelly, Antony, Yoann, Philippe et tous les potes de Nantes ou Paris.

Un grand merci à Djack pour ses conseils avisés sur la couverture.

À propos de l'auteur

Roman, nouvelles, pièces, scénario ou encore ouvrage sur la technologie, je touche un peu à tout. Entre rire et larmes, je cherche l'histoire qui surprend, le personnage qui interpelle, la situation qui dérange, la formule qui claque, le dialogue qui percute.

Du même auteur

2018 – Le Best of des Refaits Divers *avec Antony Foret*
2017 – Les sous-hommes connectés, *Éditions NL*
2017 – Le goût de la haine, *Éditions NL*
2017 – Un monde meilleur, Nouvelles noires pour se rire du désespoir Volume 2
2016 – Mon collègue est un robot, *Gallimard, Alternatives*
2016 – Le goût de la vie, Nouvelles noires pour se rire du désespoir Volume 1
2015 – Une tarte dans la gueule
2014 – Le marketing (sans s'emmerder), *Maxima*

À paraître

Quelque part en 2019, Blédard l'avocat aperçu dans « Une tarte dans la gueule » reviendra. Pour le premier tome d'une trilogie.

Et en attendant le volume 4 des nouvelles noires, retrouvez des nouveautés sur :

www.valerybonneau.com